Mondo cane addio
Un delirio su Gualtiero Jacopetti

Marcello Bussi
Mondo cane addio | Un delirio su Gualtiero Jacopetti

Mas que nunca
masvolpi@gmail.com

I edizione: dicembre 2010
ISBN 978-1-4467-2593-1

Progetto grafico: Massimo Volpi
Foto di copertina: Daniele Tamagni

Marcello Bussi

Mondo cane addio
Un delirio su Gualtiero Jacopetti

et in Arcadia ego

Tutte le scene che vedrete in questo film
sono vere e sempre riprese dal vero.
Se spesso saranno scene amare
è perché molte cose sono amare
su questa terra.
D'altronde il dovere del cronista
non è quello di addolcire la verità,
ma di riferirla obbiettivamente

Gualtiero Jacopetti

"Mondo Cane? No, non è possibile rifarlo, i tempi sono cambiati".
Un'altra delusione, la condanna alla routine. Non si può mai uscire dai
propri binari. Ti assegnano un ruolo e lo devi recitare per tutta la vita.
Questa è l'Italia, non farti più illusioni. "Non dovrei essere io a dirtelo,
ci dovresti arrivare da solo. Mondo Cane è uscito nel 1962, noi due
non eravamo ancora nati. Era un mondo completamente diverso, c'era il
boom economico, milioni di persone uscivano dalla povertà, altri milioni
si spostavano dal Sud al Nord, dalla campagna alla città, la chiesa contava
ancora tantissimo, le chiese alla domenica erano piene. C'era il Partito
Comunista, l'Unione Sovietica, la televisione non era ancora in tutte le
case, trasmetteva solo la Rai, il cinema aveva una dimensione mitica, i
ricchi facevano la dolce vita. Si lavorava tanto e c'era tanta speranza. Era
un'Italia piena di vitalità, che guardava al futuro con ottimismo. I genitori
avevano una certezza: i nostri figli staranno meglio di noi. Era l'esatto
opposto dell'Italia di oggi". Giacomo si aggiusta la zazzera imbiancata
imitando Vittorio Sgarbi, ha una vaga somiglianza con il critico d'arte,
ex parlamentare, sindaco di Salemi e soprattutto onnipresente maschera
televisiva, che cerca di accentuare imitandone i modi. "Lo so, ognuno
di noi dovrebbe avere un proprio stile inimitabile", mi aveva detto una
volta che gli avevo dato del coglione. "Ma cosa vuoi, la mia mediocrità
mi costringe a frequentare donnette da due soldi che passano il tempo a
guardare la televisione e mi notano perché assomiglio a Sgarbi, altrimenti
non si accorgerebbero di me. È un modo per facilitare gli approcci,
capisci?". Anch'io sono un mediocre, tanto è vero che non ho un'idea
originale e voglio rifare Mondo Cane. "Ma veniamo al nostro film. Te lo
dico io perché oggi è improponibile. Nel 1962 in Italia solo pochi eletti
potevano permettersi di salire su un aereo e andare negli Stati Uniti, a

New York, in California. E quanti andavano a Singapore o in Nuova Guinea? Si contavano sulle dite di una mano. Oggi invece tutti vanno dappertutto. L'anno scorso un mio collega è andato in Patagonia. Viaggio non organizzato, ha fatto tutto da solo. Ebbene, chi si ritrova come vicini di stanza in un albergo di Usuhaia? Daria Bignardi e Luca Sofri. Ma ti rendi conto? Uno se ne va in capo al mondo per starsene un po' da solo e dimenticare quest'Italia di merda e alla fine si ritrova nello stesso albergo di Daria Bignardi e Luca Sofri". Giacomo strabuzza gli occhi e mulina le lunghe braccia, richiamando l'attenzione dei vicini di tavolo. Una ragazza pallida e bionda lo guarda preoccupata. Un'altra, una vera bellezza mora dalla scollatura generosa, come si sarebbe detto nel 1962, ha smesso di conversare con il suo ragazzo per origliare, la sua attenzione deve essere stata attirata dal nome dei due personaggi famosi. Per fortuna arriva il cameriere albanese a domandarci se vogliamo il secondo. "Passiamo al dolce", ordina Giacomo. A dire il vero io avrei ancora fame, ma negli ultimi tempi mi sono dedicato troppo alla cattiva cucina per sopperire alle carenze affettive e la mia pancia si è dilatata per proteggermi dagli orrori del mondo esterno. Solo da pochi giorni ho preso coscienza di essere diventato una specie di cappone grasso. Anche se ha dieci anni in più di me, Giacomo è invece magro e teso come una corda di violino. E, in un modo o nell'altro, riesce a farsi notare da femmine che hanno vent'anni meno di lui. "E poi oggi in televisione si vede di tutto. Nel 1962 l'immagine della ragazza in bikini che passeggiava sulla Croisette a caccia di maschi suscitava scandalo o i fischi di approvazione della platea, adesso lascerebbe tutti indifferenti. Per il pubblico di oggi che non capisce niente di tecnica cinematografica e di fotografia, Mondo Cane sarebbe noioso, è roba da cinefili, ma di un genere molto particolare. Forse l'unica cosa che potrebbe ancora scandalizzare sono le scene di violenza sugli animali". "La decapitazione del toro a Singapore è stata ripresa pari pari da Francis Ford Coppola in una delle scene finali di Apocalypse Now", dico nel tentativo di bloccare sul nascere il nuovo monologo di Giacomo. "Come lo sbarco del carico di schiavi in America, con il negro in ghingheri che si accende un sigaro e guarda irridente i nuovi arrivati nudi e puzzolenti ma subito arriva il padrone bianco che gli molla uno schiaffone per rimetterlo in riga e far capire agli altri che un negro resta sempre un negro di merda anche se è ben vestito. Scena copiata da Steven Spielberg nel suo Amistad", mi taglia la strada Giacomo. "È incredibile, tutti hanno copiato Gualtiero Jacopetti e nessuno lo ammette, vogliono che sia dimenticato. È il grande rimosso del cinema italiano. Non riesco a darmi pace", dico in tono melodrammatico ma sincero, anche per mantenere desta l'attenzione della mora scollacciata. "E i suoi cinegiornali? Lo racconta lui stesso, faceva spuntare le forbici che venivano usate alle inaugurazioni e così il ministro, di solito Andreotti, non riusciva a tagliare il nastro. Il pubblico moriva dalle risate. È stato il precursore di Striscia la Notizia", mi sovrasta la voce di Giacomo. Non posso fare altro che urlare: "E allora Cronache? Il primo settimanale a parlare di divorzio all'inizio degli anni Cinquanta, sequestrato per una foto in cui, come dono natalizio, Sofia Loren si mostra con la gonna sollevata fino all'inguine. Così Gualtiero si è beccato una condanna a un anno e quattro mesi per pubblicazione e smercio di foto pornografiche" "Ah, io L'Importanza di Essere Scomodo lo rivedrei tutti i giorni. Godo troppo quando Gualtiero racconta che stava per ammazzare la Fallaci" "Anch'io. È uno scandalo che il documentario sulla sua vita non sia mai stato distribuito". "In Italia sono caduti tutti i tabù, l'unico rimasto è Gualtiero Jacopetti".

Eccolo il grande giornalista, alfiere del liberalismo, cantore di Marchionne. Talmente magro da sembrar macilento, barba e baffi risorgimentali, calvo il cranio, impugna un bastone sottile, non si sa se per vezzo o necessità. Non mi aspettavo di trovarlo qui, in questa baraonda. Eppure è lui, non c'è dubbio. Affiancato dalla più famosa maitresse della città, la splendida signora Letizia dalle esuberanze napoletane, Sannino stringe la vita di una trentenne abbronzatissima e prosperosa in divisa da ausiliaria dell'esercito americano in piena Seconda Guerra Mondiale. Coppia incongrua, a dire il vero, perché lui indossa invece una stupefacente via di mezzo tra l'uniforme delle SS e quella di un reparto scelto del genere Cacciatori delle Alpi svizzere. Potrebbe essere la divisa di un corpo speciale dell'Impero Austro-Ungarico e così si torna all'epoca prediletta dalla penna illustre, quella a cavallo tra la fine dell'Ottocento e l'inizio del Novecento. Provocatoriamente reazionario, Sannino sembra a suo agio nella serata Burlesque e osserva con partecipata attenzione l'esibizione di una burrosa bellezza che si pavoneggia con un lungo bocchino, poggia il piede taccatissimo sulla sedia, solleva la gonna con destrezza e mostra la giarrettiera. In poche parole, Sannino sta sbavando. Ma conservando il ben dell'intelletto e questo lo differenzia da un volgare camionista. La signorina sul palco comincia a spogliarsi e Sannino regala una compiaciuta slinguazzata alla sua procace accompagnatrice. Mentre una mano ghermisce la vita della donna, l'altra si aggrappa al manico del bastone. In questo modo il grande giornalista riesce a mantenersi in equilibrio a dispetto dell'impetuosa passione. Probabilmente egli brama un paparazzo pronto a vendere la foto piccante a "Chi", ma non c'è nessuno a immortalarlo. Credo che pochi, tra il pubblico, l'abbiano riconosciuto. Non certo il picciotto imbrillantinato vestito come Frank Sinatra agli esordi negli anni Trenta, tanto meno la pallida crocerossina con la riga delle calze disegnata a matita sulla gamba nuda, un vero tocco di classe per riprodurre l'ingegnosa povertà dei tempi andati. Ci vorrebbe Cavagni, quell'idiota. Ma non riesco a scorgerlo tra la folla variopinta, queste serate hanno sempre più successo, ormai sono diventate il classico fenomeno di costume, consacrato dalla presenza di Sannino, la cui lingua è ancora intenta a esplorare le cavità orali della sua bella accompagnatrice. Ormai più vicino ai cinquanta che ai quaranta, il grande giornalista si esibisce come un quindicenne alla festa del sabato pomeriggio. Autoprocalamatosi discepolo di Indro Montanelli, Sannino deve ricordarsi di quando l'allampanato toscano narrava le sue avventure giovanili nel ruolo di boy di Wanda Osiris, antica vedette passata alla storia per la grazia felina con cui scendeva le scale. Ma si sa, Montanelli raccontava un sacco di balle e anche questa storia faceva probabilmente parte del repertorio, mentre Sannino è qui davanti ai miei occhi e limona sul serio. Dove diavolo è quel rincitrullito di Cavagni? Si sarà certamente perso, anche se in questo posto ci sarà stato almeno una decina di volte, a lui piacciono i balli caraibici perché c'è il contatto fisico tra uomo e donna e di solito questo è un locale cubano. Una sera ha talmente insistito che alla fine ci sono venuto anch'io e dopo neanche mezz'ora è scoppiata una rissa tra cubane, con il buttafuori che è riuscito a stento a neutralizzare una piccoletta nera e a trascinarla fuori, una vera erinni. Dopo un po' siamo usciti anche noi perché la calca era esagerata e le ragazze si agitavano come indemoniate al reggaeton della band venuta dall'Avana. Qualche decina di metri più avanti, sulla strada che costeggia il Naviglio era in corso una rissa fra cubane di una ferocia inaudita, in un vortice di capelli strappati e volti insanguinati. A un certo punto una di loro ha divelto lo specchietto di un'auto e l'ha scaraventato contro la sua nemica. "Ma è la mia macchina", ha mormorato l'attonito Cavagni. "Non vorrai andare là a riprenderti lo specchietto", l'ho ammonito con durezza. "E cosa dovrei fare, allora?" "Aspettiamo che quelle pazze si allontanino". Dopo un paio di minuti, il campo di battaglia si è spostato tra urla belluine una decina di metri più avanti e così siamo riusciti a salire sull'auto. Solo una volta al sicuro ho pensato che forse sarebbe stato il caso di chiamare la polizia, ma poi ho visto la fila di macchine in sosta a godersi lo spettacolo e allora ho detto a Cavagni di sbrigarsi ad andarcene da quel posto di matte... "Eccoti, dov'eri finito?" "Ho avuto dei problemi" "Sbrigati a fotografare Sannino" "Chi è?" "Come? Non lo conosci? Se è sempre in televisione!" "Sai che guardo poco la tivù" "Ma che cazzo di paparazzo sei se non conosci i personaggi famosi?" "Io non sono un paparazzo" "Sì, lo so, sei un artista...guarda...non è possibile, non c'è più. Sannino non c'è più. Avresti potuto pubblicare la foto su Dagospia" "Dago? Quello stronzo non mi paga. Perché dovrei dargli le mie foto?" "Ma perché...

lasciamo perdere". Con Cavagni è inutile ragionare, vive nell'iperuranio. E così non riesce a sfondare. Eppure io sono convinto che sia un grande fotografo, un vero artista. Il guaio è che ne è convinto anche lui. "Guarda un po'", mi dice quando capisce che mi si è sbollita la rabbia. "Che roba è?" "Le foto del backstage" "Ma non hai detto di essere appena arrivato?" "Non potevo certo farti venire con me. Non vedi che sono tutte nude?" "Il solito stronzo…"

All'inizio avrei voluto scrivere un saggio su Gualtiero Jacopetti. Poi ho pensato che non sono un esperto di cinema e quindi non ero il tipo giusto per farlo. Una sua biografia, però, avrebbe richiesto troppo impegno, il lavoro d'archivio mi atterra. Dopo aver riflettuto a lungo, ho capito che la soluzione migliore era quella del libro-intervista. "Jacopetti uomo del secolo", avrei voluto intitolarlo, perché come giornalista era stato testimone della storia d'Italia dal fascismo ai nostri giorni e, come protagonista della dolce vita romana, dell'evoluzione del costume. Nel frattempo avevo contattato tramite un'amica Tatti Sanguineti, lui sì grande cultore della settima arte, che lo aveva intervistato per un programma della Rai. L'autore del Chiambretti Night, mi aveva chiamato un sabato pomeriggio, mentre mi facevo largo tra la folla che intasava la galleria Vittorio Emanuele, luogo che nei fine settimana un vero milanese, quale io non sono, evita come la peste. Il critico cinematografico aveva schermato il numero del suo cellulare, un atteggiamento da divo decisamente esagerato, ma chissà, magari anche lui è vittima dello stalking, chi va in televisione attira l'attenzione dei pazzi. Tatti era stato molto gentile, aveva definito Jacopetti "un gentiluomo d'altri tempi" e mi aveva dato il numero del suo telefono fisso ("non mi risulta che abbia il cellulare"). Prima di congedarsi mi aveva avvertito: "Guardi che sono in molti a voler scrivere un libro su di lui, ma finora… Le auguro di riuscirci". Avevo chiamato più volte al numero indicatomi da Sanguineti, senza ricevere nessuna risposta. Tanto che mi era venuto il dubbio che mi fossi sbagliato a scriverlo o addirittura che il critico mi avesse fatto uno scherzo di pessimo gusto. Dopo qualche giorno ero riuscito a contattare telefonicamente Andrea Bettinetti, regista del documentario su Jacopetti, L'Importanza di Essere Scomodo. "Sì, il numero è giusto", mi aveva assicurato, "ma devi chiamarlo solo al mattino, altrimenti non risponde. L'uomo è fatto così. Per carità, non dire che hai sentito Sanguineti perché è rimasto traumatizzato da quell'intervista. Un signore vecchio stampo come lui non poteva certo sopportare di vedere Sanguineti distendersi sul suo letto e dirgli…" "Cazzo, Gualtiero, che occhi azzurri hai. Chissà quante donne hanno perso la testa per te", l'avevo preceduto. Io mi ero messo a ridere, personalmente l'avrei considerato un gran complimento. Ma la reazione di Jacopetti era stata inequivocabile. Dopo un attimo di stupore, si era impossessata di lui una furia trattenuta a stento. Se invece di novant'anni ne avesse avuti settanta probabilmente sarebbe scattato in piedi e avrebbe fatto subito sloggiare Sanguineti, scagliandogli addosso improperi in toscanaccio. Comunque i suoi occhi erano ancora incredibilmente azzurri e la voce aveva mantenuto i toni caldi e profondi che fanno impazzire le donne. Un fenomeno, una vera forza della natura. D'altronde Kathryn Snedeker, la sua fidanzata ai tempi delle riprese di Addio Zio Tom, una bella ragazza americana molto più giovane di lui, nel documentario di Bettinetti ha confessato che Jacopetti ha l'energia di cinque o sei uomini messi insieme per poi scoppiare a ridere, togliendo ogni dubbio su quale fosse l'argomento a cui si riferiva. E dire che all'epoca, era il 1971, Gualtiero aveva già cinquantadue anni e non era ancora stato inventato il viagra. Il documentario di Bettinetti doveva essere presentato alla Festa del cinema di Roma, ma poi era saltato tutto. Ancora una volta al nome di Jacopetti si erano alzati i ponti levatoi. Non si capiva mai bene chi li azionasse, ma il risultato era quello. Eppure era diventato sindaco di Roma Gianni Alemanno, ex Msi, poi An, ora Pdl e domani chissà cosa. Un uomo che per anni aveva militato nell'ala più estremista del Msi, inequivocabilmente neofascista, che aveva ben poco da spartire con l'ala più moderata, che tollerava la democrazia a patto che le elezioni non le vincessero i comunisti e raccoglieva gli elementi più disparati, dai monarchici a ex elettori democristiani disgustati dall'arrendevolezza dello Scudo Crociato nei confronti della sinistra. Fra questi ultimi, a un certo punto, si era trovato anche Jacopetti, che aveva partecipato alla scissione di Democrazia Nazionale, un gruppo nato con l'obiettivo di far uscire i missini dal ghetto, probabilmente sostenuto dalla Democrazia Cristiana in cerca di qualche voto in più in parlamento. Non è mai stato un uomo di estrema destra ("Sono un liberale e basta", ha detto ad Alain Elkann in un'intervista del 2001), ma a un certo punto un anticomunista come lui, allergico all'ipocrisia della Democrazia Cristiana e con un Partito Liberale i cui militanti erano talmente pochi che si sarebbero potuti riunire in una cabina telefonica, non aveva avuto altre alternative. Poiché era stato uno dei primi in Italia a parlare di divorzio sul suo settimanale Cronache (precursore dell'Espresso, ma Eugenio Scalfari nel suo La Sera Andavamo in Via Veneto liquida la faccenda in poche righe: "La redazione era quella ereditata da Cronache, un settimanale abbastanza ben fatto e politicamente impegnato, che era stato diretto fino a pochi mesi prima da Gualtiero Jacopetti e poi da Antonio Gambino, dopo che Jacopetti ne era stato impedito per poco commendevoli vicende di eccentrici incontri con giovani zingarelle") non poteva andare d'accordo con i vecchi reazionari papalini o i militari in pensione che si raccoglievano nel Movimento Sociale. E nemmeno con i fascistisimi stile Repubblica di Salò alla Pino Rauti, suocero di Alemanno, visto che durante la guerra Gualtiero aveva militato dalla parte opposta, lavorando addirittura con gli americani dell'Oss, il servizio segreto progenitore della Cia. Tanto che a Piazzale Loreto era lì con gli ufficiali americani e a Sanguineti ha detto di non ricordare più se la foto del cadavere di Mussolini appeso a testa in giù l'avesse scattata lui o il padre di Oliviero Toscani. Se mai incontrassi Gualtiero, gli chiederei anche come diavolo gli fosse saltato in testa alle elezioni del 1948 di mettersi alla testa di un assurdo movimento studentesco monarchico e filo-americano (quanti voti avrà preso? Non deve essere difficile controllarlo, forse potrei scoprirlo anche su Google, mi riprometto di farlo ma alla fine c'è sempre qualcosa che mi distrae e così me ne dimentico). Lui racconta che mentre teneva un comizio in piazza Duomo aveva notato tra lo scarso pubblico un lungagnone secco secco in impermeabile con accanto un piccoletto e un altro tipo. Finito il discorso, il lungagnone gli si era avvicinato dicendogli: "Da come parli mi sembri toscano. Sei un ragazzo troppo sveglio per queste bischerate. Perché non provi a fare il giornalista? Domani vieni in via Solferino e chiedi di me: mi chiamo Indro Montanelli". Gli altri due erano Leo Longanesi e Giovanni Ansaldo. Gualtiero cominciò a frequentarli, ma non trovava il coraggio di chiedere se avrebbe potuto fare parte della squadra del Corriere della Sera. Eppure la passionaccia del giornalismo l'aveva sempre avuta, tanto che prima dello scoppio della guerra aveva collaborato con la Nazione come corrispondente da Viareggio. Finché un giorno, accompagnando Montanelli in via Solferino trovò la forza di esprimere il suo desiderio e il futuro fondatore del Giornale gli rispose: "Se vuoi entrare qua dentro ti devi allenare nel salto in alto perché questo palazzo non ha scale, l'unico modo è saltare dentro quella finestra lassù" "E come posso riuscirci?" "Vai in un paese difficile, scrivi tanti pezzi e poi me li porti". E così Gualtiero, grazie all'aiuto dell'esercito americano, andò a Vienna, allora sotto il controllo sovietico, nascosto dentro il bagagliaio di un auto. Lì scrisse pezzi su personaggi stranissimi, sopravvissuti alla guerra nei modi più rocamboleschi. I suoi articoli piacquero a tal punto che venne assunto al Corriere della Sera per poi passare alla Settimana Incom, allora diretta da Luigi Barzini junior. È lì fece il botto con uno scoop clamoroso, riuscendo a strappare, dopo molte peripezie, la prima intervista di un giornalista italiano al rappresentante del Negus da quando le nostre truppe erano state cacciate via dall'Etiopia. Come ci fosse riuscito resta avvolto nella leggenda, ma è possibile che la sua avventura fosse stata agevolata. Io sospetto, o meglio mi piace pensare che Jacopetti sia sempre stato un collaboratore dei servizi segreti americani.

Non per niente l'Oss gli aveva affidato il delicatissimo incarico di recuperare il carteggio Churchill-Mussolini (magari un giorno Marcello Dell'Utri lo estrarrà dal cilindro di Lele Mora). Ogni mattina, a Milano, Jacopetti andava al cimitero di Musocco, dove venivano allineati i cadaveri recuperati all'alba e li passava in rassegna per controllare se ci fosse qualcuno segnalato dagli americani come possibile custode del carteggio. In caso affermativo si trattava di frugare nelle sue tasche alla ricerca di un indizio. Un giorno Gualtiero notò due corpi che gli ricordavano qualcuno. Dopo un attimo di smarrimento, li riconobbe: erano Luisa Ferida e Osvaldo Valenti, le due grandi star del cinema fascista, la mitica coppia bella e dannata, cocainomani e sadici, che al crepuscolo della Repubblica di Salò, narra la leggenda, pare avessero dato sfogo alle loro peggiori perversioni torturando i prigionieri negli scantinati di una caserma milanese soprannominata Villa Triste. "Erano i miei attori preferiti da ragazzo. Trovare i loro corpi così, in quello scempio, fu un trauma terribile", ricorda Jacopetti. I suoi rapporti con gli Stati Uniti, ma anche con l'Inghilterra, sono sempre stati molto stretti. È vero che non sarebbe potuto essere altrimenti per un uomo all'avanguardia come lui perché all'epoca l'America era mille anni luce più avanti dell'Italietta parrocchiale in cui il democristiano Oscar Luigi Scalfaro si poteva permettere di schiaffeggiare impunemente al ristorante una signora colpevole di indossare un abito troppo scollato. In Addio Zio Tom, poi, la critica nei confronti dell'America bianca è spietata, anche se alla sua uscita nel 1971 Jacopetti era stato accusato di razzismo. Ma quella è una storia cominciata con Africa Addio e solo quarant'anni dopo un critico francese dei cahier du cinema ammetterà nel documentario di Bettinetti che Jacopetti aveva ragione a dubitare che il Continente Nero ce l'avrebbe fatta a camminare con le proprie gambe, senza riprecipitare nell'orrore delle guerre tribali. Nel 1966, però, dovevi per forza credere o fare finta di credere che l'indipendenza avrebbe condotto gli Stati africani lungo il cammino delle magnifiche sorti e progressive. E i realisti come Jacopetti erano nostalgici da censurare in quanto colonialisti fascisti. Che poi lui come stile vita è sempre stato un radicale, un Marco Pannella meno fricchettone e senza il coté gay. Mi vien quasi da dire che sia stato il precursore di Futuro e Libertà o che Gianfranco Fini sia uno jacopettiano inconsapevole (quest'ultima ipotesi, però, è solo frutto del mio compiacimento retorico, perché Fini è sempre stato un grigio burocrate, sembra un impiegato delle poste, ha avuto un sussulto di vitalità a quasi sessant'anni contestando Berlusconi, ma è evidente che nel ruolo del ribelle non si trova a suo agio). Un punto di incontro potrebbe essere Luca Barbareschi, che ha esordito sul grande schermo con Cannibal Holocaust di Ruggero Deodato, furbesco omaggio ai mondo movie, girato nell'Amazzonia colombiana, negli stessi luoghi dove anni più tardi è stata tenuta prigioniera Ingrid Betancourt, e con la colonna sonora di Riz Ortolani. Ma Barbareschi non ricorda con piacere quel film perché ancora oggi ci sono dei fanatici che non gli perdonano la scena in cui spara a un maialino amazzonico uccidendolo. Una citazione da Mondo Cane, dove si vedono molti animali maltrattati o uccisi: dalla scena iniziale in cui un randagio viene trascinato in un canile, girata con la telecamera a spalla, ai serpenti tagliuzzati sotto lo sguardo compiaciuto di una massaia al mercato di Singapore, dalle oche francesi ingozzate per fare il patè ai vitelloni giapponesi costretti a ingurgitare litri di birra per accentuare la prelibatezza delle loro carni e, tornando a Singapore, il celebre taglio della testa del toro da parte dei gurkha, con gli ufficiali inglesi che assistono alla cerimonia tracannando alcolici. Per non parlare della straordinaria mattanza dei maiali in Nuova Guinea, ne vengono abbattuti centinaia a bastonate, un rito di sangue che si celebra ogni cinque anni. Un capitolo a parte sono le scene di caccia in Africa Addio, con i governi dei nuovi stati indipendenti che consentono le stragi indiscriminate in quelli che fino al giorno prima erano stati gli inviolati santuari della natura protetti dai colonizzatori britannici. La caccia agli elefanti dall'elicottero (sembra che oggi Vladimir Putin faccia lo stesso, sparando a orsi e a tigri siberiane, ma dicono che non stronchi le prede con le pallottole bensì si limiti ad addormentarle bersagliandole con siringone cariche di sonnifero), gazzelle e ippopotami abbattuti in serie come in un videogioco (nel 1966 non erano stati ancora inventati, ma anche in questo caso Jacopetti si dimostra un precursore visionario). Mentre in Amazzonia Jacopetti non ha mai girato una scena, a parte Operazione Ricchezza, ambientato nell'Orinoco, in Venezuela, non credo sia già Amazzonia, e poi si tratta di un documentario del 1984, che non è mai stato distribuito nelle sale. Jacopetti non ha mai nemmeno trattato di cannibali. Lo ha spiegato nella sua ultima intervista, pubblicata su Rolling Stone il 30 luglio 2010. "Hai girato delle scene di cannibalismo?", gli domanda Lorenzo Gigotti. "Ma no, il cannibalismo per queste tribù era mangiare i cadaveri dei caduti in guerra. Li mangiano con un rito che non ti sto neanche a descrivere, ma è terribile. Non ho mai fatto queste riprese. Lasciamole alle ricostruzioni di Mondo Cane numero 20, dove mettono la gente in salamoia". Ed è proprio così, il genere amazzonico-cannibale è stato inventato e sfruttato da altri, ne è stato epigono anche il suo amico Antonio Climati (Franco Prosperi no, l'autore della Dea Cannibale e di altre pellicole del genere è un omonimo senza gradi di parentela). Ma vittima dell'equivoco o del pregiudizio è stato anche Michele Serra, che in un suo antico pezzo ironizzava sugli intellettuali di destra, che prima della vittoria di Berlusconi potevano sperare al massimo di fare le comparse in un film cannibale di

Gualtiero Jacopetti. Altri erano i registi di questi film dalla trama che si ripeteva con minime variazioni: una spedizione di etnologi occidentali o di spregiudicati cercatori dell'Eldorado si avventurava nella foresta primigenia e veniva catturata dai selvaggi che, prima di cenare con le loro carni, li sottoponevano ad atroci torture che per le donne, oltre allo stupro, comprendevano anche l'asportazione dei seni (vi avrà trovato ispirazione il mostro di Firenze?). E già che si parla di politica, non si possono trascurare i rapporti tra Berlusconi e Jacopetti. Ignoro quando i due si fossero incontrati per la prima volta. Di certo avevano un amico in comune: Indro Montanelli. Gualtiero ha collaborato con il Giornale fino a quando il suo fondatore non è stato cacciato via dall'editore, ormai deciso a scendere in campo. Qualche anno prima, il Cavaliere gli aveva assicurato che sarebbe diventato direttore delle sue televisioni "Mi aveva promesso carta bianca", ha dichiarato Jacopetti in un'intervista a Barbara Palombelli pubblicata sul Corriere della Sera il 7 maggio 2005. "Andai al Grand Hotel. Lui arrivò, la faccia era cambiata. Mi disse: sa, Jacopetti, i socialisti non la vogliono. Chiuso". E così alla guida del Tg berlusconiano venne assurto l'allora giovanissimo Enrico Mentana. I socialisti, non so perché, avevano sempre odiato Jacopetti, ben prima che alla loro guida arrivasse Bettino Craxi. Quando Africa Addio aveva vinto il David di Donatello, l'allora ministro dello spettacolo, un socialista, si era rifiutato di consegnarlo al regista. Forse erano stati particolarmente maltrattati nei suoi cinegiornali e se l'erano legata al dito. In ogni caso, Jacopetti non doveva essersela presa troppo per non essere diventato direttore del Tg5 perché era tornato a vivere in Italia proprio subito dopo la prima vittoria di Silvio nel 1994. Forse, nella speranza di ottenere qualche incarico o di tornare a girare (non dimentichiamoci che il Berlusca è anche produttore cinematografico), Jacopetti aveva dichiarato che dopo tanti anni il nostro disgraziato paese poteva finalmente sperare in una svolta positiva. In troppi l'avevano pensata allo stesso modo. Deluso dal fallimento di Mondo Candido, uscito nel 1975, che lo aveva portato alla rottura con il suo amico Prosperi, Jacopetti si era progressivamente allontanato dall'Italia per trasferirsi in Thailandia, con qualche puntata in Giappone allo scopo di girare spot pubblicitari. Credo però che il vero motivo del suo ritorno a Roma fosse il semplice desiderio di un uomo, allora settantacinquenne, di trascorrere gli anni della vecchiaia a casa. L'incontro politico e professionale tra lui e Silvio non si è mai concretizzato, nonostante Striscia la Notizia, caposaldo fondamentale del berlusconismo, abbia tratto evidente ispirazione dai cinegiornali di Jacopetti (ma Ricci non l'ha mai ammesso). Forse il Cavaliere aveva capito che il regista è troppo indipendente, un uomo che ha sempre fatto di testa sua e proprio per questo sarebbe potuto diventare un altro Montanelli, ovvero un traditore.

Credo che i due abbiano un solo tratto in comune: la passione per il gentil sesso. Ma sono enormi le differenze nel relazionarsi con le donne. Giampaolo Lomi, direttore della produzione di Addio Zio Tom, ricorda che quando cenavano insieme nei ristoranti di New Orleans invariabilmente il cameriere consegnava a Jacopetti i bigliettini delle ragazze sedute ai tavoli vicini, rapite dai capelli lunghi e dagli occhi azzurri del regista. Mentre Prosperi sottolinea che Jacopetti non era un fanatico della vita mondana fine a sé stessa e che quando si presentava l'occasione di fare "una bella cacciata in Jugoslavia" non sarebbero riuscite a trattenerlo nemmeno le dieci donne più belle del mondo. Di Berlusconi, invece, dice tutto il ritratto che gli ha fatto, molto tempo prima che scoppiasse lo scandalo Noemi, il playboy (ma lui preferisce definirsi amateur) Beppe Piroddi: "Ah, Silvio… Lo incrociavo spesso al Torre di Pisa, il ristorante di Brera dove andavo a cenare in quegli anni: noi circondati da ragazze splendide, lui seduto al tavolo con amici e collaboratori, sempre ingrigiti, sempre a parlar d'affari e a squadrarci con invidia. Una sera mi ferma e mi offre un caffè. E mi dice: sai, anch'io voglio avere donne in quantità industriale e quindi ho deciso: farò la televisione commerciale: il futuro appartiene a me. Lo so, può sembrare una tesi strana, ma sono fermamente convinto che lui, affamato di successo, abbia fatto quello che ha fatto solo per questo motivo".

"Ascoltami bene, ci ho pensato molto prima di trasmettere quelle immagini. Avevo paura di essere accusato di voyeurismo necrofilo. Ma poi ho deciso che dovevo mandarle in onda, un po' depurate, certo. D'altronde sarebbe stato impossibile mostrare tutta l'agonia, troppo lunga". Ipocrita bastardo, senti che voce pretesca, in tre anni non mi hai mai rivolto una parola e adesso sei qui, sei tu che mi hai chiamato, non io. Vuol dire che ho fatto centro e la cosa ti rode. "Beh, dal punto di vista strettamente aziendale ho fatto bene a prendere questa decisione. Le tue immagini hanno fatto il giro del mondo, Cnn, Al Jazeera, le ho viste dappertutto". E allora assumimi a tempo indeterminato, articolo uno, fammi articolo uno, almeno per un po' di tempo me ne sto con il cuore in pace. "Hai fatto un buon lavoro, bravo. Però adesso bisogna mantenersi all'altezza. Ricordati, Marcello, un colpo di fortuna può capitare a tutti. C'è bisogno del bis per dimostrare di essere davvero più bravo degli altri. Adesso ti saluto e tieni gli occhi aperti, mi raccomando, ragazzo". Ci mancava il consiglio paterno, ma vai a fare in culo, ha ragione l'operatore, l'Italia è una repubblica fondata sul ricatto e non voglio pensare grazie a quali ricatti ti sei fatto nominare direttore. Che mondo infame, che mondo cane, quello che mi dà più fastidio è dover convivere con questo mostro di operatore, Davide, drogato fino alla punta dei capelli, di un cinismo e di una perversione allucinanti. Magro come un chiodo, più puzzolente di questi poveri terremotati, non appena apre bocca mi innaffia la faccia con la sua saliva contaminata da chissà quali malattie. Anche lui deve essere specialista in ricatti, altrimenti non sarebbe qui a lavorare. Arriva in redazione vestito di stracci, strafatto di coca, pallido come un cadavere e con gli occhi fuori dalle orbite e nessuno gli dice mai niente. Ieri però la sua freddezza davanti a quel povero ragazzo moribondo mi ha impressionato, mi ha dato la forza di compiere il mio dovere di avvoltoio. Eravamo in giro per Port-Au-Prince a caccia di cadaveri e di saccheggi quando abbiamo sentito due spari neanche troppo lontani. Stavo già per fare marcia indietro quando ho visto Davide correre come un forsennato verso il pericolo. Correva come se la telecamera sulla sua spalla pesasse non più di mezzo chilo. Ho esitato prima di seguirlo, poi qualcosa mi ha detto che la sparatoria era finita e non sarebbe più ricominciata. Quando sono arrivato al bivio dove le auto procedevano a passo d'uomo, tutte spostate sulla destra come per evitare un ostacolo, Davide aveva già cominciato a filmare. Ho guardato per terra. Sull'asfalto di una delle poche strade decentemente asfaltate della città era seduto un ragazzo dallo sguardo stralunato, le gambe immobili, come se fosse stato paralizzato. Qualche metro più avanti giaceva lungo disteso il corpo di un altro ragazzo. Avrà avuto non più di diciott'anni, muoveva solo la testa ed era lì con le braccia aperte come se fosse stato crocifisso. Da sotto la schiena si allargava una chiazza di un rosso cupo. La telecamera di Davide si era posata su quell'immagine, avida ed estatica come uno zombi intento a succhiare il sangue della sua vittima. Non so come ho fatto a capire quello che era successo, già non mastico bene il francese e qui lo parlano con un accento allucinante, africano, comunque i ragazzi correvano con due sacchi di riso sulle spalle, i poliziotti li avevano scambiati per saccheggiatori, probabilmente lo erano davvero, e, senza farsi troppe domande, gli avevano sparato alla schiena, tra l'indifferenza dei passanti. Abbiamo chiamato l'ambulanza, mi aveva detto uno dei poliziotti, è mezz'ora che quei ragazzi sono lì, mi aveva urlato un vecchio seduto davanti ai resti di quella che era stata casa sua. Con la forza della disperazione ho bloccato un pick up che passava di lì. Il conducente, di colorito quasi bianco, mi ha dato ascolto solo perché ero uno straniero e ha caricato il ragazzo meno grave promettendo che l'avrebbe portato all'ospedale, ma l'altro era intrasportabile, stava morendo, solo mani esperte avrebbero potuto dargli le prime cure lì sull'asfalto. Siamo rimasti lì tre quarti d'ora a filmare la sua agonia. A un certo punto si muovevano solo le mani, come se fossero state colpite da scariche elettriche. Poi l'ultima corrente di energia si è esaurita ed è morto sotto quel sole infame che fa marcire tutto a vista d'occhio. È stata la mia vittoria, sono finito su tutti i telegiornali del mondo, la mia rivincita contro tutti quelli che mi hanno sempre sottovalutato. Ma oggi è un altro giorno e bisogna dimostrarsi all'altezza della situazione, me l'ha detto anche il direttore. Sono già due ore che giriamo per la città e non succede niente. Le braccia rigide e tese che emergono dalle macerie le abbiamo filmate fino alla nausea, la gente che caga e piscia in mezzo alla strada idem, qui ci vuole una rissa mentre vengono distribuiti gli aiuti alimentari, già filmate anche quelle è vero, ce ne vuole una particolarmente violenta, dove ci scappi il morto. Mi affido a Davide, che ha un fiuto particolare per il pericolo, quel bastardo riesce a procurarsi la cocaina anche qui, non so come faccia, ma forse è l'unico bene di prima necessità di cui ci sia abbondanza. D'altronde, con tutti gli attori di Hollywood che vengono ad Haiti a fare passerella i clienti non mancano. Eccolo, ha trovato la pista giusta, due spilungoni armati di machete che si dirigono ciondolando verso un cumulo di macerie particolarmente alto. Da qui escono, adesso li vedo bene, giovani che si trascinano dietro materassi, lampade e altri oggetti che si possono trovare in un palazzo, devono avere scavato un cunicolo che conduce in due o tre stanze rimaste miracolosamente intatte dopo il crollo. La voce si è sparsa immediatamente, la gente continua ad accorrere, le donne, soprattutto le donne urlano come pazze. Non appena un ragazzo scende in strada con il bottino viene attorniato da una decina di persone che lo strattonano, le risse scoppiano in continuazione, nel giro di un minuto ci sono almeno un centinaio di persone che se le danno di santa ragione, cominciano a volare sassi e macerie, la polizia sembra lontana, mi faccio cogliere dal panico, ho voglia di scappare, di nascondermi sotto i resti delle case, a fianco dei morti per sfuggire alla rabbia dei vivi, ma vedo Davide che continua a filmare, calmo in mezzo alla confusione più totale. Un ghigno di soddisfazione gli deforma il volto. Questa mattina, appena svegli, mi ha detto che Haiti è sempre stata un inferno, che anche prima del terremoto la vita umana valeva meno di zero. Questo è il regno dei pedofili, mi aveva detto, qui sono sereni perché sanno di restare impuniti e qualche mio collega è venuto sull'isola per girare degli snuff movie. Li hai girati anche tu, ho subito pensato e c'è mancato poco che non glielo dicessi in faccia... Finalmente arriva la polizia, si mettono a sparare in aria, io mi piego, quasi striscio per terra, non vorrei fare la fine del ragazzo che mi ha regalato i cinque minuti di celebrità che ormai spettano a tutti, mancavo solo io all'appello. Davide resta in piedi, continua a filmare, come se a scoppiare fossero degli innocui petardi. La folla si disperde in fretta, alla fine abbiamo filmato solo una sassaiola. Certe risse fra ultras del calcio sono più violente, dice Davide sprezzante. Provo una grande delusione. Ho paura che quello di ieri sia stato solo un colpo di fortuna. Cerco di pensare a una via d'uscita e alla fine ecco l'illuminazione. Prima di partire ho visto, comodamente seduto sulla poltrona del salotto di mamma e papà, quel dottore della Cnn con il nome indiano, Gupta, mi sembra si chiami. Non appena arrivato gli hanno subito messo in mano una bambina piccolissima, avrà avuto due o tre mesi, con una brutta ferita alla testa. Lui le ha dato le prime cure, l'ha bendata e portata all'ospedale più vicino, il tutto davanti alle telecamere, ovviamente. Una scena toccante, coinvolgente, la mamma (la mia) quasi piangeva a vederla. Dovrebbe capitarmi qualcosa di simile. Un bambino ferito, ho bisogno di un bambino ferito, dico ad alta voce. Per la prima volta da quando lo conosco vedo un guizzo di entusiasmo negli occhi di Davide. Te lo procuro io, mi dice. Non so cosa rispondergli, vorrei fare l'indignato, ma sarebbe assurdo di fronte a questo scempio infinito. Qui devi accettare le cose come stanno, senza farti domande, altrimenti non riusciresti più a trovare la forza di muovere un muscolo. Anch'io ho pensato la stessa cosa, mi dice Davide, suadente come un demonio. E quindi?, dico io. Davide non ha ancora finito di espormi il suo piano che già gli ho detto sì. Lo vedo cercare la preda con professionalità estrema. Valuta tutti i bambini che incrociamo per strada, ne punta uno, si avvicina, sta per parlargli ma poi cambia idea, chissà che cosa non andava bene. Alla fine mi indica un ragazzino di dieci o undici anni, quasi pulito e dall'aria beneducata, da scolaro modello. Davide scambia qualche battuta con lui, poi si volta verso di me. Avvicinati, mi ordina. Nicolas è d'accordo, l'idea di finire in televisione gli piace, così i suoi parenti che stanno a Miami finalmente sapranno che è vivo. Va bene, ma come… non finisco la frase che Davide ha già scagliato con violenza un pezzo di cemento sulla testa di Nicolas, che indietreggia, barcolla ma non cade. Sei matto, gli dico senza troppa convinzione. Mi guardo intorno preoccupato, ma sembra che nessuno abbia visto niente. Eppure la strada è affollatissima, come sempre. Adesso tocca a te, Marcello, dice Davide. Guardo il sangue colare sulla fronte di Nicolas. Il ragazzino è sbigottito, ma sembra non provare dolore. Devi curarlo, Marcello, mi incalza Davide, poi montiamo il filmato in modo che sembri vittima della sassaiola di prima. Allora mi inginocchio ai piedi di Nicolas, gli esamino la ferita, quel bastardo di Davide gli ha aperto un bello squarcio nel cuoio capelluto. Il ragazzino ha lo sguardo sempre più stranito, ormai il sangue gli copre tutto il volto. Per un attimo resto paralizzato, penso che l'Aids è diffusissimo ad Haiti, qualcuno dice che sia nato proprio in questo disgraziato paese. Poi penso a tutte le volte che l'ho fatto senza preservativo e allora estraggo da una tasca della sahariana il piccolo kit del pronto soccorso e, come ha fatto il dottor Gupta davanti a milioni di spettatori di tutto il mondo, disinfetto la ferita di Nicolas e la bendo. Ma il ragazzino è sempre più debole, sembra sul punto di svenire. Gli pulisco la faccia, le mie mani sono macchiate del suo sangue. Sento la telecamera che non si stacca da noi due. La guardo, stringo Nicolas forte addosso a me, lo sollevo e mi metto a correre verso un pick up in sosta davanti all'unico edificio rimasto ancora in piedi in quella via. Sul cassone sono seduti due tipi robusti, dall'aria poco raccomandabile. Portatelo all'hopital, all'hopital, urlo, protendendo Nicolas verso di loro, che mi scrutano impassibili, senza muovere un dito. Urlo ancora e finalmente quello con gli occhiali scuri dice qualcosa al conducente. Poi si sporge verso di me e afferra Nicolas. Le lenti sono troppo scure, non riesco proprio a guardarlo negli occhi, ma ho la netta sensazione che non lo porterà all'ospedale. Sto per riprendermi il ragazzino quando il pick up parte con una sgommata, scatenando il fuggi fuggi della gente che rischia di essere travolta. Quando più tardi vedo il servizio non posso fare a meno di complimentarmi con Davide. L'ha montato benissimo, mi fa fare la figura dell'eroe. Dopo un'ora il direttore mi telefona entusiasta. Sono imbarazzato, forse sta esagerando, ma allora ci deve essere sotto qualcosa. È ovvio, anche stavolta non mi farà il contratto a tempo indeterminato e per scaricarsi la coscienza mi ricopre di complimenti, che tanto non costano niente. Comunque sono soddisfatto, addirittura rilassato, tanto che, una volta a letto, mi addormento quasi subito… ma è notte fonda, dall'esterno arrivano i soliti lamenti, i canti angoscianti delle donne, non la finiscono mai, sanno solo ballare e cantare, sono proprio dei selvaggi, cazzo, stavolta ero proprio convinto di riuscire a farmi una bella dormita senza interruzioni e invece…sento qualcosa intorno alla gamba destra, qualcosa che mi avvolge la coscia…un sibilo…non oso muovermi, non capisco che cosa mi stia succedendo…mi avvolge e sale lentamente e stringe anche…apro gli occhi, non è poi così buio. Nel letto accanto Davide puzza come una capra e russa beatamente. Questa cosa alla gamba…possibile che abbia dei problemi di circolazione? Mi guardo intorno e mi sembra di scorgere una sagoma vicino alla parete, poi due puntini bianchi, Dio, sembrano due occhi da negro, come nei cartoni animati degli anni Trenta. I puntini si avvicinano, diventano più grandi. Davide ha smesso di russare, le donne di cantare. Dove sono finito? Chiudo gli occhi perché mi sembra di sognare un sogno che sta diventando un incubo. Sono circondato dal silenzio assoluto, mi sembra impossibile, irreale. E intanto quella cosa alla gamba ha ripreso a salire, a stringere, sento qualcosa di umido lambirmi l'ombelico. Spalanco gli occhi e lo vedo. Vorrei urlare ma non riesco a emettere alcun suono, a fare il minimo movimento. Nicolas è qui davanti a me, altissimo, la sua figura mi sovrasta. Vedo con chiarezza la sua ferita, lo squarcio sulla testa, la carne rossa e viva, pulsante. Il viso è ancora coperto di sangue, ma gli occhi sono spenti, come quelli di un morto. Uno zombi, è uno zombi. Vorrei scappare, urlare tutto il mio terrore, ma riesco appena a sollevare la testa e subito il serpente che ormai avvolge tutto il mio corpo scatta in avanti e mi strappa via le labbra.

Mi sono scagliato contro gli epigoni di Jacopetti, che con la loro spazzatura hanno contribuito ad alimentare i pregiudizi sulla sua opera ed ecco che mi cimento in un pessimo omaggio ai mondo movie, infarcito dei più vieti luoghi comuni. Quanti film sono stati girati a tambur battente per sfruttare la scia del successo di Mondo Cane. Nudo e Crudele, il titolo è già tutto un programma, Mondo di Notte, I Malamondo, Mondo Freudo, Mondo Oscenità, Il Pelo nel Mondo e chissà quanti altri, un'epidemia come quella degli spaghetti western. Poi ci sono i film del direttore della fotografia di Gualtiero, Antonio Climati, passato alla regia a partire da Ultime grida dalla Savana del 1974, firmato insieme a Mario Morra, un successo clamoroso, con il commento di Alberto Moravia, all'epoca lo scrittore italiano per eccellenza, e scene prefabbricate, ma spacciate per vere, entrate nel mito, come quella del turista sbranato da un leone in un parco africano (il pupazzo tra le fauci del felino è stato creato da Carlo Rambaldi, qualche anno dopo premio Oscar per gli effetti speciali di E.T.) o dell'indio amazzonico evirato e decapitato dai cercatori d'oro. Ma in questo caso siamo a un livello più elevato. Come nell'Occhio Selvaggio di Paolo Cavara, un'opera di fiction che ha contribuito non poco alla leggenda nera di Jacopetti. Mondo Cane è firmato da Jacopetti, Cavara e Prosperi. Ma se quest'ultimo ha dato vita a un sodalizio umano e professionale con Gualtiero durato fino al fiasco di Mondo Candido, Cavara è presto uscito dal gruppo per intraprendere la carriera di solista. Così nel 1963 ha diretto "I Malamondo", che non ho visto perché non disponibile su dvd, ma che in "Sweet & Savage" di Mark Goodall (il titolo è un omaggio a "Dolce e Selvaggio", 1983, il canto del cigno di Climati e Morra), l'unico saggio sui mondo movie, mai tradotto in italiano e reperibile solo su Amazon, viene descritto come un film "piatto, che sembra uno stanco reportage", in cui i giovani in ebollizione pre-sessantottina vengono fatti passare come la causa di tutti i mali della società. La loro facilità di costumi viene documentata e stigmatizzata, ma è tutta una scusa per mostrare nudità e scene erotiche. Diverse riprese sono state girate in Svezia, ai tempi considerata la mecca del sesso per la disinibizione delle sue donne. Ricordo di avere visto in televisione Gianni Boncompagni raccontare del suo primo viaggio all'estero, una vera e propria fuga da casa per raggiungere la Scandinavia perché la leggenda, confermata dai fatti, diceva che lì le ragazze la davano via facilmente. Cavara mostra tra l'altro un matrimonio misto tra una svedese e un uomo di colore (ma allora si diceva "negro") con il seguente commento della voce fuori campo: "Il Latin lover è stato surclassato dall'African lover".

Facile immaginare i boati di disapprovazione nei cinema di provincia in quel lontano 1963. Quattro anni più tardi Stoccolma e dintorni saranno protagoniste assolute di Svezia: Inferno e Paradiso, girato da Luigi Scattini, mondo movie pieno di ragazze nude, dove si mostrano situazioni veramente scioccanti per quei tempi, come un club di lesbiche con tanto di bacio saffico finale. La voce narrante è quella di Enrico Maria Salerno, grande attore oggi noto agli storici del pettegolezzo per essere stato l'amante di Veronica Lario prima che la sventurata incontrasse Silvio Berlusconi. Ma il film verrà ricordato per la colonna sonora di Piero Umiliani, con il suo mitico Mah Na' Mah Na', esaltato dai cultori della musica lounge. Lo so che sto uscendo dal seminato, ma il tema mi appassiona al punto che un riferimento tira l'altro, sto quasi ricalcando lo schema di Mondo Cane, che comincia con l'inaugurazione di un orribile monumento a Rodolfo Valentino a Castellaneta, la cittadina pugliese dove è nato il primo dei latin lover, per poi passare a New York, dove il suo epigono Rossano Brazzi viene assalito e denudato da un'orda di ammiratrici ed ecco lo stacco sulle Isole Trobriand, dove vige il matriarcato e sono le donne a dare la caccia agli uomini (e qui mi immagino Lando Buzzanca che in un Cinema Paradiso di Palermo strabuzza gli occhi e si liscia il baffo). E così da Mah Na' Mah Na' salto a Bali Street di Gianni Marchetti, brano che mi è totalmente ignoto, so solo che fa parte della colonna sonora di L'Occhio Selvaggio, girato da Cavara nel 1967, con una sceneggiatura firmata da lui stesso insieme a un dream team formato da Alberto Moravia, Ugo Pirro, Tonino Guerra e Fabio Carpi. Anche questo film è introvabile e quel poco che conosco lo devo ancora una volta al saggio di Goodall, corredato da alcune foto di scena. In una si vede Philippe Leroy alle prese con una delle ingombranti cineprese dell'epoca, affiancato dallo stesso Cavara, un giovane dai capelli neri e gli occhi azzurri, lo sguardo deciso ma anche romantico, come direbbe Walter Veltroni, consapevole di essere bello. Sì, proprio Philippe Leroy, lo Yanez del mitico sceneggiato televisivo Sandokan, il distintissimo attore francese che ha scelto l'Italia come sua seconda patria. Perché l'Occhio Selvaggio non è un documentario, ma un'opera di fiction. Girato un anno dopo il successo mondiale di Africa Addio, secondo Goodall il film di Cavara è il primo efficace approccio critico ai mondo movie, mentre io ho il sospetto che sia anche un tentativo di sfruttare lo scandalo suscitato dalla figura di Jacopetti. Ci vuole poco a capire che Paolo, il personaggio interpretato da Leroy, è proprio Gualtiero, anche se ha lo stesso nome di Cavara. Il film narra i tentativi di un gruppo di cineasti di girare un documentario sensazionalistico in Estremo Oriente, compreso il Vietnam in guerra. Goodall descrive Paolo come "un individuo spregiudicato, che non si ferma davanti a niente pur di avere delle immagine ben fatte e vendibili". Lo accompagnano nell'avventura il cameraman Valentino (Climati?), impersonato da Gabriele Tinti, reso celebre dalla serie Emanuelle Nera, e Barbara (non può essere Prosperi), incarnata da Delia Boccardo. Il film comincia con la troupe su una Land Rover lanciata all'inseguimento di una gazzella, citazione della celebre caccia alla zebra immortalata in Africa Addio. Per sgomberare il campo da ogni dubbio, Cavara prende di peso un'altra scena di Africa Addio, solo che l'ambienta in Vietnam: mentre cerca di filmare i Viet Cong, Paolo viene arrestato e malmenato. Una volta tornato in hotel si affretta a chiedere a Valentino: "Sei riuscito a filmarmi mentre mi picchiavano?". Il massimo, però, viene raggiunto nella scena in cui Paolo chiede al capo del plotone di esecuzione di spostare un po' più a sinistra il ribelle messo al muro perché lì c'è una luce migliore. La stessa accusa mossa a Jacopetti, poi scagionato dal tribunale. Ma Cavara la fa sua spingendo così gli spettatori de L'Occhio Selvaggio a credere che nella realtà le cose siano andate proprio in questo modo. Devo ammettere che non mi scandalizzerei se Jacopetti avesse agito davvero così. Come avrebbe potuto evitare l'esecuzione del Simba a Boende, nell'ex Congo belga? Si sarebbe forse dovuto frapporre ai mercenari assetati di sangue, chiedendo loro di graziare il ribelle? Non credo che si sarebbero impietositi. E allora tanto valeva assicurarsi almeno delle immagini capaci di mostrare l'orrore senza reticenze, privo di ombre che potessero attenuarlo. In Africa Addio, mentre sullo schermo scorrono le immagini dei cadaveri straziati dei giustiziati di Boende, la voce narrante del mitico doppiatore Sergio Rossi scandisce: "È un'assurda e tragica ballata che dura ormai da cinque anni. Neri contro bianchi e bianchi contro neri. Si uccide e si muore un po' per uno, come in certi crudeli giochi di bambini. Nessuno vince e nessuno perde una volta per tutte. Nessuna condizione è definitiva, tranne quella dei morti bianchi e neri, che insieme ammorbano le rovine e insieme si dissolvono, tra il ronzio delle mosche, in assoluta biologica parità". Jacopetti è un pessimista, che non si fa nessuna illusione sulla bontà degli uomini e sulla loro volontà e capacità di redimersi. Alla fine per lui il mondo è davvero un Mondo Cane, dove si mangia, si caga, si scopa e si muore. "Poi ci metti qualcosa che salva la faccia, ma la vita, insomma, è carne. Mondo Cane è carne", dice Gualtiero dall'alto dei suoi 91 anni. I finali di Mondo Cane e la Donna nel Mondo hanno un afflato religioso, che nel secondo sembra retorico e appiccicaticcio con quelle immagini del santuario di Lourdes e le lodi alla donna intesa come madre, capace di sacrificare tutta sé stessa per la prole (forse Jacopetti voleva sbiadire l'immagine di cinico che lo accompagnava), mentre nel primo c'è qualcosa di inquietante. È la famosa scena del cargo-cult, girata in Papuasia. Gli indigeni credono che gli aerei cargo che fanno scalo a Port Moresby vengano dal paradiso carichi di doni dei loro antenati. Ma stanno lì per poco tempo e poi ripartono per l'Australia, dove i bianchi si impossesseranno dei preziosi regali. Così su un'altura hanno costruito una rudimentale pista d'atterraggio e un piccolo velivolo di legno per attirare gli aerei in arrivo dall'al di là. Uomini e donne stanno seduti ai bordi della pista nella speranza che si materializzi il cargo con i suoi doni, finalmente tutti per loro. La bellezza della selvaggia natura circostante, gli sguardi ispirati degli indigeni e la musica di Riz Ortolani esaltano l'esperienza religiosa e danno dignità a un rito che agli occhi di un occidentale potrebbe apparire ridicolo. Questa volta non c'è la minima traccia di cinismo nelle immagini e nei commenti della voce narrante, Mentre qualche minuto prima eravamo alla vera e propria presa per il culo del pittore Yves Klein, un artista noto anche al grande pubblico per le sue performance, che secondo qualche critico precorrono la body art. Ma agli occhi di Jacopetti e dei suoi collaboratori non è altro che un ciarlatano, così come è una truffa colossale tutta l'arte contemporanea, già attaccata in una scena precedente quando vengono mostrati i giganteschi cimiteri delle auto in California, le macchine che compattano le lamiere e poi le ridicole sculture tratte da questi rottami, vendute a peso d'oro in una galleria parigina. Incredibilmente, pochi giorni fa il Wall Street Journal ha pubblicato un lungo pezzo sul boom dell'arte contemporanea a Los Angeles corredato con la foto della scultura che campeggia davanti all'ingresso di uno dei tanti musei della città, il Moca, una scultura, guarda un po', fatta di lamiere di automobile. Dopo cinquant'anni, insomma, l'arte contemporanea ci propina la solita solfa, è rimasta ai cimiteri delle macchine. E la truffa continua... L'estate scorsa Klein è tornato alla ribalta negli Stati Uniti, dove gli hanno dedicato una mostra. Ne ha parlato addirittura la rivista Time, accostandolo a Andy Warhol per il suo desiderio di apparire sui media e citando il mitico episodio di Mondo Cane. Nell'intervista a Gigotti, Gualtiero dice che "Klein era una persona molto simpatica, ma un gran figlio di mignotta. Un uomo alla ricerca di pubblicità. Ai tempi era sulla bocca di tutti. Gli proposi questo film e lui accettò subito, senza nessuna garanzia. Da come lo ricordo io era un avventuriero. Gli spiegai qual era la chiave: gli dissi che stavo facendo un film satirico e che non potevo fare un film di esaltazione della sua pittura. Lui capì e mettemmo i lenzuoli, l'orchestra e le modelle nude che si spiaccicavano sulle tele". La scena è questa: prima vengono inquadrati gli orchestrali, poi compare Klein in atteggiamento ieratico, un po' sopra le righe, più che un artista sembra un illusionista. Ed ecco che la cinepresa indugia sulle modelle intente a spalmarsi di vernice blu per poi andare a strusciarsi contro una grande tela e lasciarvi le impronte dei corpi nudi. "Queste belle modelle tutte imbrattate di blu", ricorda Gualtiero. "Con quel limite di pudore che c'era ai tempi cercavano di coprirsi il più possibile, in modo da non far vedere troppo quelle parti lì". Il guaio è che Klein va al Festival di Cannes per assistere alla prima di Mondo Cane. E, secondo Time, gli viene un colpo: la sua performance arriva dopo una serie di massacri di animali e scene sui primi esempi di turismo di massa alle Hawaii, in cui crocieristi americani di non più verde età cercano di imitare gli sculettamenti delle ballerine isolane. Mondo Cane mostra le stranezze del mondo e anche Klein è una stranezza. Lui crede di essere un artista, mentre il film lo dipinge come un cialtrone, che, con la scusa di realizzare un'opera d'arte, esibisce corpi nudi di donna. La delusione è cocente. Quando torna in albergo a Klein viene davvero un colpo. È il primo infarto. Nel giro di un mese ne avrà altri due e l'ultimo sarà quello fatale. "Sì, certo, Jacopetti è il solito assassino", replica Gualtiero nell'intervista a Gigotti. "Senti, io Klein non l'ho più visto, non sapevo neanche che ci fosse a Cannes. Sono tutte balle. Avrebbe avuto l'infarto anche senza conoscermi. Tutto quello che ho fatto sul capitolo di Klein è fatto con lui, consenziente e complice. Lo vedi dalle immagini". Immagini che, secondo Time e Wikipedia, sono state invece concepite e realizzate da Paolo Cavara. Ma poco importa da chi siano state effettivamente girate, io credo a Jacopetti perché mi sembra impossibile che Klein sia potuto morire di crepacuore per essere stato messo alla berlina sul grande schermo, così come riportato su Time. Conosceva troppo bene i meccanismi mediatici e il suo successo dimostra che sapeva usarli al meglio. Non era certo l'artista puro e ingenuo che scopre di essere sputtanato sul grande schermo e muore di crepacuore. Basta guardare la sua aria da mago Casanova per capire che non può essere andata così. Per tornare a Cavara, dopo L'Occhio Selvaggio, che non è riuscito a farlo decollare come autore, passa ai film di genere come La Tarantola dal Ventre Nero, un thriller alla Dario Argento, e Virilità, versione sofisticata della commedia sexy che imperversava negli anni Settanta. Dopodiché comincia a lavorare per la Rai. La sua opera che più mi incuriosisce è del 1979 e si intitola Atsalut pader, sulla vita di padre Lino da Parma. Wikipedia scrive che si tratta di un "antico progetto maturato in seguito alla frequente lettura delle opere di Hans Kung". Dal cinismo di Mondo Cane all'agiografia di un prete di provincia il salto non potrebbe essere più grande. Forse la delusione per non essere diventato un regista alla Jean-Luc Godard lo ha spinto a cercare consolazione nella religione. Ma con un pizzico di trasgressione, perché Kung ha sempre viaggiato sul filo dell'eresia, fino a diventare il teologo più odiato da papa Ratzinger.

Dopo 16 mesi di lavorazione le riprese di Mondo Cane sono ormai terminate. Domani si ritorna in Italia. Gualtiero è a Las Vegas a festeggiare con Belinda Lee. Olghina di Robilant, protagonista della vita mondana dell'epoca, osserva nel documentario di Bettinetti che Gualtiero doveva essere davvero innamorato dell'attrice inglese perché si lasciava accompagnare da lei in molti dei suoi viaggi, cosa che non aveva mai consentito alle altre. Dopo tanti anni, in Olghina traspare ancora una punta di gelosia. Anche lei era stata una delle altre e non aveva fatto nessun viaggio insieme a lui. Si erano conosciuti qualche anno prima. Gualtiero era appena uscito di prigione e Olghina era incuriosita dal personaggio. Alcune amiche lo avevano descritto come un uomo di grande fascino e bellezza. Bisognava a tutti i costi incontrarlo. Non appena aveva saputo che sarebbe stato al Festival di Venezia, si era precipitata al Lido. "A lui piacevano le belle donne, a me piacevano gli uomini di un certo sex appeal e di una certa virilità. Alla fine ci siamo incontrati e abbiamo passato una serata insieme. Lui era playboy, io ero playgirl e quindi andava benissimo", ricorda Olghina con un lampo di malizia negli occhi. Lomi racconta che Candice Bergen, bellissima attrice, interprete di film di grande successo come "Soldato blu", venne apposta da Hollywood a Roma per andare con Jacopetti, ma non ci riuscì perché Kathryn, la fidanzata di allora, la accolse a calci nel sedere. Nel documentario di Bettinetti compare anche Ursula Andress versione vecchia strega, senza la minima traccia della bomba del sesso che fu (rimarrà scolpita nella storia l'immagine di lei che esce dalle acque dei Caraibi come una Venere in bikini, la prima delle Bond girl). Grande amica di Gualtiero, ha parole di assoluta ammirazione per lui. "È un uomo di grande classe, molto riservato, con questi intensi occhi blu, un gran signore". Si precipita a Los Angeles non appena viene a sapere del terribile incidente stradale in cui Belinda Lee ha perso la vita e Gualtiero è rimasto gravemente ferito. "Andai a trovarlo in ospedale. Piangeva, piangeva, chiamava Belinda. La porto al cimitero degli inglesi, mi disse, la metto vicino a Shelley. Era l'unica cosa bella che poteva ancora fare per lei", ricorda Ursula ancora commossa. Sono stato al cimitero degli inglesi a Roma. Un posto bellissimo, suggestivo, dove ho capito il fascino del turismo cimiteriale. In realtà l'esatta denominazione è cimitero acattolico perché vi sono sepolti non solo inglesi, ma anche russi ortodossi, americani e tedeschi protestanti, qualche ebreo e qualche ateo e massone italiano, oltre ad Antonio Gramsci e a Carlo Emilio Gadda. Mantenuto benissimo da un gruppo di classiche zitelle inglesi che offrono rifugio a una piccola colonia di gatti tanto ben tenuti che potrebbero partecipare ai concorsi di bellezza per felini (c'è persino una cassetta dove depositare le offerte per contribuire al loro sostentamento), il cimitero si trova dietro la Piramide Cestia e ospita anche le spoglie di John Keats, il poeta il cui nome fu scritto nell'acqua. In cima alla collina del cimitero si trova la tomba di Percy

Bysshe Shelley accanto a quella dell'amico Edward J. Trelawny perché "i loro due cuori sulla terra erano un solo cuore" (chissà perché mi è venuto in mente il mausoleo acattolico di Arcore, dove, secondo il racconto allucinato di Giorgio Bocca, le spoglie di Silvio Berlusconi dovrebbero riposare affiancate da quelle dei suoi due scudieri Fedele Confalonieri e Marcello Dell'Utri, ma forse ora il Cavaliere preferirebbe la compagnia eterna di Ruby e di Noemi, alle quali auguro naturalmente lunga e felicissima vita). Appena più in basso riposa Belinda. Era arrivata in Italia nel 1958 per girare La Venere di Cheronea, un "mélo travestito da peplum", come scrive Il Mereghetti, in cui interpreta la modella dello scultore greco Prassitele e le sue "forme prorompenti e appena velate... sono il centro di ogni inquadratura". Belinda ha 22 anni ed è già famosa. Nella natìa Inghilterra ha girato diversi film per la Rank Studio Organization e ha prestato il volto alla pubblicità del sapone Lux. Al pubblico italiano è nota perché due anni prima era finita sulla copertina di Epoca. Mentre gira le scene del film diretto da Fernando Cerchio, incontra il principe Filippo Orsini, di quindici anni più vecchio di lei. Il suo casato conta tre Papi (Benedetto XIII, Celestino III e Niccolò III, che Dante collocò all'inferno), diciotto santi e quaranta cardinali. Sposato con la ricca borghese padovana Franca Bonacossi, il principe preferisce i nightclub alle cene con i porporati organizzate dalla pia consorte. Il suo locale preferito è Il Capriccio, di proprietà del cugino Raimondo e frequentato da vip del calibro di Farouk, il re d'Egitto in esilio a Roma. Credo che il nightclub dove è ambientata una delle prime scene de La Dolce Vita fosse ispirato proprio al Capriccio. In quegli anni Roma era soprannominata la Hollywood sul Tevere. Vi si giravano diversi film americani, come il colossal Ben Hur, perché i costi di produzione erano molto più bassi che in California. La stessa cosa succede oggi in Romania, anche se faccio fatica a immaginare che la dolce vita sia risorta a Bucarest. L'Italia si stava finalmente risollevando dalle ferite della guerra, c'era molta povertà ma anche molta energia e una forte crescita economica, un po' come la Thailandia dei giorni nostri. E molti anglosassoni scendevano nella Penisola per gli stessi motivi per cui oggi gli italiani ultracinquantenni vanno a svernare nel paese del sudest asiatico. Nel suo libro di memorie, intitolato Palinsesto, lo scrittore americano Gore Vidal rievoca così l'atmosfera dell'epoca: "Il sesso era spontaneo e sereno. Se si conoscevano due o tre ragazze che amavano scopare, tra le otto di sera e mezzanotte si potevano fare delle splendide orge, in cui non era permesso bere né si desiderava farlo, perché ogni fantasia veniva soddisfatta con la carne. Una volta una ragazza, felice per la nostra festa, si era addormentata come un sasso in una vicina trattoria dove eravamo andati a rievocare la serata. Quando finalmente riaprì gli occhi, disse che non era mai stata così pienamente soddisfatta in vita sua. Nel 1961, quando decidemmo di prendere un appartamento nelle vicinanze del Tevere, Roma era, nel suo modo solennemente discreto, un paradiso del sesso". Gore Vidal ha scritto questo più di trent'anni dopo e si sa che i ricordi deformano la realtà. A parte la curiosa puntualizzazione sulle orge che si fanno tra le otto e mezzanotte (le otto non è un po' troppo presto? A quell'ora a Roma non si ha neanche cenato. E all'una siamo fuori tempo massimo?), dello stile "solennemente discreto" della capitale si è accorto solo l'autore della biografia romanzata di Abramo Lincoln, un super best seller negli Stati Uniti passato quasi inosservato in Italia. Non c'è niente di discreto nel barocco e i film di Federico Fellini sono lì a testimoniare che Roma è sempre stata Cafonal (a proposito di Fellini, la leggenda narra che avesse chiesto consiglio a Jacopetti su come girare la scena dell'orgia nella Dolce Vita, mentre altri sostengono che il personaggio di Marcello Mastroianni fosse ispirato proprio a Gualtiero, ma quando Maurizio Cabona glielo domanda lui risponde sdegnosamente: "Da giovane ero tutto tranne che un invertebrato vagante per la Roma di via Veneto, dove ci si atteggiava per i fotografi, come oggi per Il Grande Fratello). Detto questo, credo che all'epoca Roma fosse davvero un paradiso del sesso, altrimenti tutti quegli inglesi e americani non sarebbero venuti a viverci. "Solo gli uomini italiani sanno come trattare le donne, sanno come farle sentire delle vere donne", disse Belinda dopo aver annunciato di voler divorziare dal marito, il fotografo inglese Cornel Lucas. La relazione adulterina con il principe Orsini fa scandalo ed è una mano per i giornali scandalistici dell'epoca. Di lei si occupa anche la Settimana Incom, il cinegiornale diretto da Gualtiero. Ogni tanto, come riempitivo notturno, su Rete Quattro mandano in onda con il titolo Come Eravamo una selezione di quei cinegiornali, senza la minima contestualizzazione, omettendo di fare il nome di Jacopetti, che immagino non prenda un euro per il copyright. Una volta mi è capitato di vedere uno spezzone in cui compariva Belinda, mentre la voce fuori campo ironizzava su certe giovani attrici straniere che si dilettano con i nobili romani. Gualtiero doveva avere messo subito gli occhi su di lei, ma il loro incontro sembra sia avvenuto solo dopo il grande scandalo. Nelle cerimonie più solenni, gli Orsini avevano l'onore di portare a spalla il papa, assiso sulla sedia gestatoria. Ma l'adulterio ostentato sotto i flash dei paparazzi irritava non poco il Vaticano. Tanto che il 9 gennaio 1958 Pio XII ordinò al principe Filippo di rompere ogni relazione con l'attrice inglese. In quei giorni Belinda era in Sudafrica a girare La Villa delle Mille Colline. L'esperto di caccia grossa Dan Marvais ricorda il gravoso compito che gli era stato affidato: "Nella scena clou avrei dovuto sparare a un elefante che stava caricando la protagonista. Avrei dovuto farlo quando sarebbe stato a pochi metri da Miss Lee. Un colpo solo, che doveva assolutamente andare a segno, altrimenti non si sarebbero potute completare le riprese, perché non ci sarebbe più stata l'attrice principale e nemmeno la troupe per filmarle. Non ho dormito per una settimana, tormentato da un incubo: mancavo il bersaglio e Miss Lee veniva calpestata dal pachiderma". Nonostante i timori, Marvais eseguì alla perfezione il suo compito e Belinda diede prova di grande coraggio e professionalità. Ma il destino di una morte violenta era solo rinviato. Il 24 gennaio, dopo aver lasciato il set senza preavviso, Belinda torna a Roma. Il principe Orsini la aspetta all'aeroporto per accompagnarla nell'appartamento che condividono in via Caroncini, nei pressi del palazzo di famiglia. Qui le dice che non può lasciare la moglie senza diventare un pubblico peccatore. Il monito del papa lo ha spaventato, ha paura di perdere i suoi privilegi. Il giorno dopo, mentre sta facendo colazione, Belinda si accascia al suolo. La donna di servizio chiama l'ambulanza, il principe è già uscito di casa. In ospedale le fanno una lavanda gastrica, Belinda ha ingurgitato una dose abnorme di barbiturici. Non appena ricevuta la notizia, Filippo si precipita in ospedale e dà in escandescenze perché i medici non gli consentono di vedere Belinda. Gli infermieri lo trascinano fuori e torna nell'appartamento dell'amante, dove il giorno successivo si presenta la moglie Franca Bonacossa accompagnata da un avvocato. Docile come un agnello, Filippo si lascia riportare nel palazzo avito, in via Liguria, a due passi dalla mitica via Veneto. Il portone si chiude alle sue spalle. Basta coi nightclub e le attrici inglesi, deve diventare un papà esemplare per i suoi due bambini. Lo aspetta una vita insieme a una donna che non ama, costellata da interminabili cene corredate dai sussurri di porporati rimbambiti. In un moto di ribellione e frustrazione abbranca il rasoio e si taglia le vene. Lo ricoverano nello stesso ospedale di Belinda. I due si riprendono in fretta. La stampa scandalistica parlerà di un reciproco patto suicida, ma chi ha davvero rischiato la vita è solo lei. Il Vaticano non può tollerare uno scandalo così clamoroso e il verdetto è inappellabile: Filippo non potrà più mettere piede in Vaticano e agli Orsini viene tolto il titolo di principi assistenti al Soglio pontificio, che resta appannaggio dei soli Colonna, casato da secoli rivale. Per lui è una liberazione. Non più schiacciato da obblighi insopportabili, può continuare la sua relazione alla luce del sole. La coppia si insedia in una villa di Cap d'Antibes per presenziare al Festival di Cannes, calamitando l'attenzione dei paparazzi. L'8 aprile 1959 Belinda divorzia dal fotografo inglese e tre mesi dopo la principessa Bonacossa Orsini avvia le pratiche per divorziare da Filippo. Tutto sembra andare per il meglio. Ma lei ha incontrato Gualtiero. In quei mesi la vita di Belinda è intensissima. È l'attrice più ricercata del momento e gira una valanga di film, anche d'autore, come I Magliari di Francesco Rosi e La

Lunga Notte del '43 di Florestano Vancini. Ma il grande pubblico aspetta con ansia di vederla in Messalina, Venere Imperatrice di Vittorio Cottafavi, dove fa il bagno nel latte. La stampa le attribuisce un flirt con Walter Chiari, si fa rivedere insieme al principe Orsini, ma in realtà è esploso l'amore tra lei e Gualtiero, che sta cominciando a progettare Mondo Cane. Dopo 16 mesi di lavorazione siamo alle battute finali del film che porterà Gualtiero al successo mondiale. Belinda vola da lui a Las Vegas per festeggiare. Nel documentario di Bettinetti si vedono le foto scattate nel deserto, lei ha gli occhi sognanti e maliziosi da moderna e romantica ragazza inglese, lui ha lo sguardo intenso, orgoglioso e protettivo. Sono felici. Il 13 marzo 1961 sfrecciano in auto verso Los Angeles dove il giorno dopo devono prendere l'aereo che li riporterà in Italia. Al volante c'è il napoletano Nino Falenga, al suo fianco è seduta Belinda. Sul sedile posteriore viaggiano Gualtiero e l'aiuto regista Paolo Cavara. "Quel mascalzone, andava a 160 all'ora. Belinda aveva sete, voleva che ci fermassimo, ma quello continuava a correre", ricorda Gualtiero ancora sconvolto quasi cinquant'anni dopo. Nei pressi di San Bernardino, in California, scoppia una gomma dell'auto, il racconto di Gualtiero diventa confuso. "Lei era davanti, avevamo la mano nella mano perché ci amavamo. Quando vidi questo bulldozer capii che era finita, cercai di tenere Belinda, ma la macchina fece sette giri su sé stessa giù per la scarpata…me la strapparono via". Scaraventata a una trentina di metri dalla vettura, dopo dieci minuti di agonia, Belinda muore tra le braccia di un poliziotto, che dirà ai cronisti: "Non avevo mai visto una donna così bella". Poco dopo arriva Rossano Brazzi, che aveva passato qualche giorno con loro a Las Vegas e viene immortalato nella seconda scena di Mondo Cane, mentre viene assalito e spogliato in un grattacielo di New York da un'orda di fan americane. Li seguiva con la sua auto, ma rispettando i limiti di velocità. "Ho visto il suo corpo accanto alla strada, coperto da un lenzuolo. Non dimenticherò mai quello che ho visto quando l'ho sollevato. La sua testa era quasi completamente staccata dal resto del corpo". Belinda aveva ventisei anni e aspettava un bambino…
Se l'autista è rimasto praticamente illeso e Cavara se l'è cavata con poco, le condizioni di Gualtiero sono gravi. "Mi spezzai le gambe, avevo un osso di fuori, alcune costole rotte e poi il braccio destro con i nervi strappati, che penzolava". Comincia un lungo calvario. Al Santa Monica Hospital, dove rimane quattro mesi, lo imbottiscono di morfina per alleviargli il dolore fisico, ma all'altro dolore non c'è rimedio. Continua a ripetere il nome dell'amata. Alla cerimonia funebre di Belinda partecipano solo quindici persone. Tra loro ci sono il principe Orsini, Rossano Brazzi e sua moglie Lydia. Tre giorni dopo i suoi resti vengono cremati all'Hollywood Memorial Park. Il principe vorrebbe portare in Italia le

ceneri, ma non gli vengono consegnate perché non ha nessun legame ufficiale con Belinda. L'urna cineraria tornerà a Roma sei mesi dopo, non so come abbia fatto Gualtiero, probabilmente ha convinto i genitori di Belinda che fosse la cosa più giusta da fare. "Il Comune di Roma mi fece un regalo splendido, un omaggio a Belinda", ricorda Gualtiero. "Una statua, la vestale dimezzata, bellissima". Sono al cimitero degli inglesi, la guardo e la fotografo. È davvero un'opera suggestiva. Rappresenta un tronco di donna, senza braccia né gambe né testa, avvolto in un peplo pieghettato che trasmette la sensazione del movimento. Dove ci dovrebbe essere la testa qualcuno, forse Gualtiero, ha collocato un piccolo vaso con una piantina dalle foglie lunghe, cascanti e sottili che ricordano una capigliatura femminile. Potrebbe essere un salice bonsai, ho mostrato la foto a un'amica che invece ha parlato di "pianta semigrassa, un'agave o qualcosa di simile". Ho il sospetto che siamo entrambi molto ignoranti in materia di botanica. Osservo le piante alte e solenni che adornano il cimitero degli inglesi e non so dare loro un nome. Mi rendo conto che sono incapace di distinguere un platano da una quercia e mi sembra il sintomo di un irreparabile distacco dalla natura. Accanto a Belinda c'è la tomba di Gregory Corso, il poeta americano autore di The Bomb, i celebri versi impaginati a forma di fungo atomico. Poco sopra riposa Shelley accanto all'amico Trelawny. E poi c'è la tomba di Emelyn Story sopra la quale è reclinato un angelo dalle sembianze femminili che simboleggia la disperazione assoluta, il volto coperto da un braccio, mentre l'altro penzola inerte sul monumento funebre. Le ali, ripiegate e gigantesche, potrebbero allargarsi e cominciare a sbattere da un momento all'altro, trasformando l'angelo in una terribile arpia. Un gotico straordinario, da film dell'orrore. Un'altra tomba suggestiva, più in basso, è quella di Devereux Plantagenet Cockburn. Disteso su un fianco, appoggiato a un gomito, la testa posata sulla mano, lo sguardo pensoso rivolto verso l'alto, il giovane dai baffi appena accennati è avvolto in una vestaglia e sta per deporre un libretto aperto accanto al piccolo cocker accovacciato vicino al suo petto. L'iscrizione dice che i genitori hanno cercato di restituirgli la salute portandolo in molti climi stranieri, ma ha lasciato la vita a Roma il 3 maggio 1850 a 21 anni. Deve essere stato una delle tante vittime del mal sottile, un giovane romantico suo malgrado. Guardo tutte quelle tombe e penso a quante storie ignote e straordinarie potrebbero raccontare. Inevitabilmente penso a Riccardo Scipione Novelli, il relatore della mia tesi di laurea. Ho appreso della sua morte con un anno di ritardo, leggendo sul giornale un pezzo sul Museo Poldi Pezzoli. Il docente di "Partiti politici e gruppi di pressione" all'Università Cattolica del Sacro Cuore, alle cui lezioni partecipavano al massimo otto studenti, morto a 62 anni dopo lunga malattia, ha lasciato il suo appartamento in eredità al museo milanese. Ma la cosa più stupefacente è che la direttrice del Poldi Pezzoli ha rivelato alla stampa di non aver mai conosciuto il povero Novelli e nemmeno i suoi collaboratori sapevano niente di lui. Doveva essere rimasto completamente solo e doveva avere anche perso la fede, se mai l'aveva avuta (ma, insegnando in Cattolica, si suppone che almeno da giovane avesse creduto in Dio). Perché se un uomo è solo è devoto alla chiesa dovrebbe lasciare i suoi averi alla parrocchia o a qualche prete o frate che si dedica a opere caritatevoli. E invece aveva preferito donare il suo appartamento a un museo, pur senza conoscere nessuno di coloro che ci lavorano. Siamo all'astrazione più assoluta. Significa che Novelli aveva vissuto in totale solitudine in un ambiente che gli faceva schifo. Credo che se fossi stato al suo posto avrei lasciato i miei scarsi beni all'infermiera ucraina che avesse badato a me, anche distrattamente, durante la malattia. O all'ultima persona con cui avessi conversato prima di essere ricoverato in ospedale per il viaggio definitivo, fosse stato anche l'addetto al contatore del gas. Poche ore prima di venire qui un sms di Paolo, un amico e compagno di corso che avevo informato della desolante dipartita del professore, aveva aggiunto un altro particolare al quadro: "Caterina sapeva tutto. Ora le ceneri di Scipione vagano per il Mediterraneo". Il nulla assoluto. Una rassegnazione orientale che non appartiene alla nostra cultura e mi mette i brividi. Guardo le tombe del cimitero degli inglesi e mi sembrano pulsanti di vita. Il monumento funebre a Emelyn Story può anche essere di cattivo gusto, una sorta di precursore di quei film sui vampiri adolescenti che vanno per la maggiore, ma trovo che sia mille volte meglio delle ceneri sparse da una mano anonima nel Mediterraneo. E se proprio vogliamo parlare di ceneri, quelle di Belinda sono state qui deposte l'8 dicembre 1961, ma lei non era sola, erano in tanti a renderle omaggio e Gualtiero piangeva, ancora costretto a reggersi con un bastone.

Ma la vita continua. E Gualtiero ha sempre corso a velocità doppia, tripla, quadrupla, decupla rispetto agli altri uomini, alle cosiddette persone comuni. Bisogna montare Mondo Cane, è il momento decisivo, in cui un film prende vita. E lui è un maestro del montaggio, lo ha imparato facendo il cinegiornale, il suo gioco è tutto basato sui contrasti. Ma il dolore fisico sembra non doverlo abbandonare mai. È ancora menomato, il braccio destro inerte. E la morfina gli è entrata nel sangue, non può più farne a meno. "Mi facevo quattro, cinque iniezioni al giorno. Avevo preso una camera al Grand Hotel in via Veneto perché era vicino a dove montavamo. Lavoravo, ma a un certo punto mi venivano i brividi e così andavo in albergo a farmi, perché mi vergognavo a iniettarmi la morfina di fronte ai miei collaboratori. La morfina ho impiegato un anno e mezzo a togliermela", ricorda Gualtiero nel documentario di Bettinetti.

E nell'intervista alla Palombelli dice che Indro Montanelli e la moglie Colette Rosselli lo hanno molto aiutato a liberarsi dalla dipendenza. Ma il lavoro, il lavoro deve andare avanti, a dispetto delle sofferenze e delle difficoltà. "Ai tempi di Mondo Cane", rievoca ne L'importanza di Essere Scomodo, "per montare i film si grattava la pellicola, si metteva l'acido, la pellicola bisognava tagliarla. La mano destra non funzionava e allora tagliavo la pellicola coi denti. Così è nato Mondo Cane. A me piace ricordarlo che tagliavo la pellicola coi denti, ne sono orgoglioso, tanto era l'amore per quel lavoro". Sofferenza, lavoro, ma non solo. La vitalità di Gualtiero è comunque incontenibile. E Riz Ortolani, l'autore delle straordinarie colonne sonore dei suoi film (il successo mondiale di More, una traccia di Mondo Cane, è stato consacrato dalla nomination all'Oscar) ricorda così il loro primo incontro: "L'hanno portato a casa mia in ambulanza. Gualtiero era completamente ingessato dalla testa ai piedi e aveva accanto a sé una bellissima crocerossina".

"Hai dieci anni meno di me e di Mino Damato ricordi solo la camminata sui carboni ardenti, che ti avrà certamente fatto morire dal ridere. Non sul momento, ma dopo, perché in tutte le trasmissioni successive c'era un comico che la imitava. Vedi come vengono deformati i ricordi? Perché sono sicuro che quando l'hai vista in diretta sei rimasto con il fiato sospeso. Ma poi Striscia la Notizia ha cominciato a prendere in giro il povero Mino, è stato creato un nuovo tormentone e a distanza di anni ti ricordi solo quello". Giacomo tiene in mano un bicchiere di birra che non ha voglia di bere, lo agita, mi sa che alla fine lo rovescerà. Ma siamo nella ressa del Dar Er Salaam e si adegua. "Per me invece Mino Damato è tutta un'altra cosa. È il conduttore di Avventura, il programma più bello della tivù dei ragazzi degli anni Settanta, con la sigla straordinaria dei Procul Haroun. Non sto a cantartela, non ricordo nemmeno il titolo, ma era una roba da brividi, tipo ballata del vecchio marinaio, capace di evocare scogliere a picco sul mare, viaggi e avventure, perfetta per il programma. In Avventura, Mino mostrava spezzoni di grandi documentari, quasi tutti tratti da Mondo Cane e Africa Addio. Ricordo quando si è soffermato sulla scena del bonzo vietnamita che si dà fuoco per dimostrare che era un falso. È uno dei pezzi forti di Mondo Cane 2, un film che Jacopetti ha firmato obtorto collo e non riconosce come suo, lo ritiene una pura operazione commerciale impostagli dalla casa di produzione Cineriz" "Anche lì ci sono dei grandi momenti", lo interrompo per arginare il diluvio di parole che spesso Giacomo non riesce più a controllare, specie quando non beve. L'interno del Dar Er Salaam è stracolmo e stiamo fuori, anche se comincia a fare un po' freddo. Il successo di questo locale mi è incomprensibile. Frequentato da un nucleo duro di giovani o giovanilisti esponenti del mondo della comunicazione nel senso più esteso del termine, vagamente radical chic o addirittura finti esponenti della sinistra barricadiera, è però la creazione di Lucio, che per molti anni ha vissuto in Africa, dove si mormora che avrebbe fatto il mercenario. "Quali?", chiede Giacomo, ansioso di sentire l'allievo che ha imparato bene le lezione. "A me piace tremendamente la gara delle testate, girata in un paesino della Sardegna". "Sublime esempio di cinismo jacopettiano, poi imitato a più non posso dalle nostre televisioni con trent'anni di ritardo". "Già. Gualtiero arriva con la troupe, il paese si mobilita per lui, capisce che quei sardi apparentemente così lontani dalla modernità in realtà smaniano per entrarvi attraverso il cinema. Non era diverso da oggi. Adesso tutti vogliono apparire in televisione, mentre allora il sogno era di essere immortalati sul grande schermo. E per farlo erano disposti a tutto. Jacopetti lo sa e si inventa una presa per il culo di quelle atroci: la gara delle testate. Non a caso lo fa in Sardegna, i sardi sono noti per avere la testa dura". Giacomo sorride compiaciuto, gode perché l'allievo ha imparato la lezione alla perfezione. "La sfida consiste nell'abbattere a testate la saracinesca di un negozio di alimentari. Gualtiero racconta che i sardi si schiantavano con un entusiasmo degno di miglior causa. Signor Jacopetti, va bene così o dobbiamo picchiare più forte?, gli chiedevano. E lui: ma no, andate più cauti, non fatevi male. Quelli invece davano botte ancora più dure. Il montaggio è perfetto, con la raffica di testate che alla fine abbatte la saracinesca. Dal negozio esce un sardo carico di salami che viene portato in trionfo dalla folla" "E poi ci sono i provini girati in una cittadina siciliana dove tutti sognano di fare gli attori" "Mentre adesso ci propinano quelli degli scemi che aspirano a entrare nella casa del Grande Fratello" "Vedi, Marcello, perché Jacopetti è stato rimosso? Perché altrimenti dovrebbero ammettere che la televisione di oggi l'ha inventata lui. Pensa a un disgraziatissimo programma come Bisturi, dove vengono filmate le sventurate che si fanno la chirurgia plastica. Guarda La Donna nel Mondo e vedrai la scena delle ragazze che si fanno togliere la pelle dal viso e rimangono giorni e giorni in ospedale avvolte nelle bende, costrette a nutrirsi di liquidi nell'attesa che si rigeneri senza imperfezioni". Sì è bello rievocare ogni tanto i film di Gualtiero, ma questa si avvia a diventare l'ennesima serata sprecata, senza aver conosciuto ragazze nuove, passata nel solito posto ancora più incasinato del solito, roba da vitelloni di provincia anche se siamo nel vecchio cuore di Milano, a due passi dalla Darsena sempre più lasciata nell'incuria da un'amministrazione comunale talmente inetta da sembrare inesistente. Giacomo beve finalmente un sorso di birra, un miracolo che non l'abbia rovesciata, chiude gli occhi, ma non è per assaporarla, sembra piuttosto concentrarsi su qualcosa di molto distante. "Sai perché Jacopetti mi è entrato nel profondo? L'ho capito la prima volta che ho visto Africa Addio su cassetta. La scena girata a Dar Er Salaam, guarda che coincidenza. Sulle strade insanguinate una siepe di folla ci nasconde le vittime, dice la voce fuori campo, che stavolta è quella di Sergio Rossi. L'auto procede nonostante le minacce dei soldati. Si vede un musulmano che viene rincorso, gettato in mare e fatto annegare. Gli islamici sono accusati dal resto della popolazione di avere preso il posto dei bianchi come sfruttatori. I loro negozi vengono saccheggiati e incendiati. Quando osano ribellarsi scatta subito la rappresaglia. Jacopetti e i suoi collaboratori arrivano in uno slargo dove sono stati uccisi da poco due poliziotti. I militari hanno rastrellato tutti i musulmani che abitano nella zona e li stanno mettendo al muro. Non vogliono testimoni. Un soldato con il casco troppo largo che gli scende fin quasi sugli occhi fa segno di allontanarsi. L'autista cerca di prendere tempo. Il soldato si spazientisce e con il calcio del fucile rompe il parabrezza della vettura. I frammenti di vetro feriscono Jacopetti, che viene prelevato con la forza dal militare. C'è uno stacco. Climati è uscito dall'auto e riprende Jacopetti che viene trascinato via dai soldati. Gualtiero perde sangue dall'orecchio, passa davanti alla cinepresa, si volta, guarda fisso l'obiettivo, accenna un sorriso che si trasforma in una smorfia e dice qualcosa. Non si distingue il suono delle parole, ma lo si intuisce dal labiale: continua a girare, ordina. Climati resta immobile ed esegue. Qualche metro più avanti Jacopetti cerca di ribellarsi, ma viene malmenato dagli uomini in divisa. La voce fuori campo proclama: ci arresteranno, ci metteranno al muro, ci salverà quel miracolo di cui parlarono i giornali. Ignoro quale fosse stato il miracolo, non sono mai andato a leggere i giornali dell'epoca. Ma so che Mino Damato ha mostrato la scena più e più volte, anche al rallentatore. Quelle immagini si sono impresse nella mia mente suggestionabile di bambino. Soprattutto il volto minaccioso del soldato africano mentre rompe i vetri dell'auto con il calcio del fucile. Una scena che ha rovinato molte delle mie notti. Non appena andavo a letto e chiudevo gli occhi, mi si ripresentava come un incubo, ero terrorizzato. Chissà quanti minuti passavano prima che riuscissi ad addormentarmi, me ne stavo lì paralizzato perché avevo paura che se avessi appena mosso un dito, il soldato nero si sarebbe materializzato, sfondandomi la testa con il calcio di quel fucile maledetto. Ce ne è voluto di tempo prima che riuscissi a scacciare quel fantasma. Poi ho rimosso tutto. Ma quando anni più tardi, ormai adulto, ho rivisto la scena l'ho subito ricollegata ai miei incubi infantili. Ecco perché Jacopetti ha segnato la mia vita in misura profonda". Giacomo sembra essersi tolto di dosso un grosso peso, forse non ha mai raccontato questa storia a nessuno. Cerco di pensare a qualcosa che abbia potuto avere un peso analogo nella mia esperienza di bambino, ma non riesco a concentrarmi, a calarmi nel passato. Al Dar Er Salaam c'è troppo casino, tutti bevono e parlano a dismisura. Qualcuno mangia piadine dai nomi esotici, tipo Springbok, che dovrebbe essere l'antilope sudafricana, ma anche il nome della nazionale di rugby. "È una delle scene più belle di Africa Addio", mi limito a dire. Giacomo sembra essermene grato, poi lancia la bomba: "Guarda che ho trovato chi potrebbe aiutarti a realizzare il progetto di un nuovo Mondo Cane" "Non ci posso credere" "Magari poi non se ne fa niente, ma ne ho parlato a un tipo che conosco, non lo definirei un mio amico. È il classico maneggione, ma proprio per questo può fare al caso tuo. Si chiama Massimo D'Ascenzo ed è immanicato con i membri della Film Commission della Regione. Ecco il suo numero di telefono…"

Di certo non può essere il mio Angelo Rizzoli, l'uomo al quale Jacopetti deve tutto. Era appena uscito di prigione, lavorava al cinegiornale della Settimana Incom (senza che comparisse il suo nome perché si era bruciato con lo scandalo della zingarella) e villeggiavano nello stesso albergo, a Capri. Capitava che si incrociassero, ma Rizzoli se ne stava sulle sue. Finché un giorno non si erano trovati sull'ascensore e avevano cominciato a chiacchierare. Gualtiero era riuscito simpatico al mitico editore. "Da domani firmi il cinegiornale con il tuo nome", gli aveva detto. Da allora nacque un grande sodalizio. Rizzoli doveva nutrire una fede assoluta in Jacopetti per accettare un'idea assurda come quella di Mondo Cane e finanziarla con larghezza. Per girare il film, ricorda "mi diede tutto quello che chiesi: 300 milioni con cui mi sentivo un padreterno! Potevo disporre di tutto. E come è bello lavorare quando si dispone di tutto". Il progetto di Africa Addio sarebbe stato ancora più folle e impegnativo, ma Gualtiero era reduce dallo strepitoso successo di Mondo Cane, quindi era già più comprensibile che l'editore e produttore gli desse corda. "Gli piacevamo perché eravamo giovani", sostiene Franco Prosperi. "Secondo me Rizzoli avrebbe voluto essere Gualtiero, sempre circondato da donne bellissime. Mi ricordo una volta che eravamo a cena con Elizabeth Taylor e Richard Burton. Arrivò Rizzoli e mi diede un buffetto dicendo: ah, quanto siete giovani". Jacopetti ricorda: "Mi adorava. Questo vecchio signore milanese, cosiddetto incolto, fu invece un grande innovatore. Grazie a lui ebbi la fortuna di fare quello che volevo". Nell'intervista alla Palombelli rivela che Rizzoli "voleva un quotidiano. Trattò a lungo con Enrico Mattei l'acquisto del Giorno. Ad Afeltra e Granzotto avrebbe dato la direzione, a me l'edizione del pomeriggio. Non se ne fece niente. Mattei voleva cinque miliardi che troverei, mi disse Rizzoli, solo che non trovo i 70 milioni da dare domani al notaio". L'aneddoto è interessante, ma non mi convince perché secondo me Mattei non avrebbe mai rinunciato al Giorno, il quotidiano era troppo importante per lui, in quanto era un indispensabile strumento di pressione per sostenere gli interessi dell'Eni. Comunque è sullo yacht di Rizzoli, un vecchio dragamine ristrutturato, che ha luogo l'episodio più gustoso rievocato da Jacopetti nell'Importanza di Essere Scomodo. Era in ballo il progetto della Donna nel Mondo e in quel periodo Oriana Fallaci, come inviata dell'Europeo, stava girando l'Asia per fare un'inchiesta sulla condizione femminile. Il libro che avrebbe tratto da quei reportage si sarebbe intitolato, non senza enfasi, "Il sesso inutile". Magari si sarebbero potute unire le forze, aveva pensato Rizzoli. "Oriana era fumina, Gualtiero lo è altrettanto. Immaginatevi che cosa sarebbe successo", dice Prosperi ancora divertito. L'incontro avviene in quella che veniva soprannominata "la barca dei cessi perché aveva otto cabine con otto bagni", racconta Jacopetti. La Fallaci espone il suo progetto come se dovesse fare tutto lei. Jacopetti si irrita subito, il regista sono io, quella non sa niente di cinema. La Fallaci non molla la presa, è convinta di poter comandare per diritto divino: Io scrivo, Io decido, Io dirigo... Lo sappiamo tutti che doveva essere una gigantesca rompicoglioni. Alla fine Gualtiero non ce la fa più, la solleva di peso e sta per buttarla a mare quando si intromette Prosperi, che riesce a convincerlo in extremis a lasciarla andare e puntualizza: "Intervenne anche Rizzoli, che appianò le cose dal punto di vista economico, la tacitò". Così l'incontro fra questi due giganti del giornalismo italiano non si consumò. La storia non si fa con i se ed effettivamente era impossibile che riuscissero a combinare qualcosa insieme. La Fallaci ha sempre fatto tutto da sola e se ha avuto dei collaboratori non li ha mai riconosciuti pubblicamente come tali. Per lei gli altri esistevano solo come suoi subordinati e figuranti. Anche le vite di Henry Kissinger e Yasser Arafat avevano un senso esclusivamente perché erano le prede più preziose su cui aveva potuto esercitare il proprio narcisismo. Intervista con la Storia è il titolo del celebre libro, ma in realtà dovrebbe essere La Storia (cioè la Fallaci) Intervista. Oriana e Gualtiero avrebbero passato il tempo a litigare, ma questo avrebbe certamente giovato alla Donna nel Mondo, film che non ha il mordente e la visionarietà di Mondo Cane. Sono pochi i momenti memorabili. A parte le immagini delle donne che si sono fatte togliere la pelle dal viso, cruento esempio di proto-chirurgia estetica, e la scena della haka, l'ormai inflazionatissima danza dei maori, che probabilmente gli italiani hanno visto per la prima volta grazie a Jacopetti (gli indigeni neozelandesi fanno le linguacce e il gesto dell'ombrello mentre la voce fuori campo di Stefano Sibaldi declama ritmicamente: no, no, non ti sposo, no che non ti sposo), mi vengono in mente solo le scene girate al confine tra Algeria e Marocco dove le donne di un villaggio, rimasto senza uomini perché sono andati tutti a fare la guerra, ogni giorno si recano in un poligono di tiro in mezzo al deserto per raccogliere i frammenti di metallo delle bombe che poi rivenderanno in cambio di un tozzo di pane. Coperte da capo a piedi con stracci colorati, le donne si stendono sulla sabbia in attesa dell'esplosione, rotolano giù per le dune a causa dello spostamento d'aria, si rialzano e di corsa vanno a raccogliere i resti delle bombe per poi tornare in fretta ad acquattarsi per sfuggire alla nuova deflagrazione. È una chiara messinscena, ma di una suggestione straordinaria. Va detto che Mondo Cane 2 e la Donna nel Mondo sono stati fatti con il materiale scartato da Mondo Cane 1. Anche il materiale in eccesso di Africa Addio servirà ad alimentare altri film, come Mal d'Africa, firmato da Stanislao Nievo, noto per essere il nipote dello scrittore garibaldino Ippolito, e Ultime Grida dalla Savana, di Climati e Morra. Nello straordinario backstage di Addio Zio Tom che si trova nel dvd dell'americana Blue Underground, l'assistente alla produzione Giampaolo Lomi ricorda che la troupe girò un'enorme quantità di materiale a Woodstock, purtroppo andata perduta. Nella seconda versione del film si vedono meno di due minuti sullo storico raduno di massa ed è curioso che la Blue Underground abbia invece distribuito la prima versione, priva degli inserti giornalistici sull'America del 1968-72 e del mitico episodio su madame Lalaurie, che pure è immortalato sulla copertina del dvd (la signora bianca nuda che abbraccia con lascivia il nero altrettanto nudo ma incatenato). Recentemente ho scoperto per caso che Nicolas Cage, il nipote di Francis Ford Coppola, nel 2007 aveva comprato a New Orleans per tre milioni e quattrocentocinquantamila dollari la magione di madame Lalaurie, che si crede infestata dai fantasmi (non mi meraviglia, viste le atrocità che vi sono state perpetrate). Ma l'attore è stato comunque colpito dalla maledizione della sadica signora: bulimico acquirente di ville hollywoodiane, è stato investito in pieno dalla crisi immobiliare, è finito in bancarotta e la magione gli è stata pignorata.

Talmente grande e grasso da essere osceno, Massimo D'Ascenzo divora la spessa e morbida bistecca importata dall'Argentina. Siamo al Lunfardo, il ristorante del mio amico portegno Alejandro Fernandez, che invidio da matti perché gioca a polo. Cavagni guarda inorridito D'Ascenzo, sporge la testa da pelatino verso di me e borbotta: "Ma ti fidi di quello lì?" "I commenti dopo", sibilo con sguardo cattivo. Allora Cavagni, che dovrebbe essere il mio Climati, torna a ritirarsi nel suo guscio, proprio come una tartaruga. D'Ascenzo ingurgita l'ultimo boccone, svuota il bicchiere di vino rosso di Mendoza, rutta senza ritegno e proclama: "Ormai non si produce più nulla di originale. Se volete fare Mondo Cane 69 non c'è problema, basta avere gli appoggi giusti". Finalmente parliamo di lavoro, perché fino a quel momento D'Ascenzo non ha fatto altro che esaltare la propria attività erotica. "Sono un malato di sesso", aveva proclamato un minuto dopo che ci eravamo stretti la mano. "Oggi ho già scopato due donne diverse. Ma non c'è due senza tre" e subito si era messo a radiografare tutte le femmine presenti nel ristorante. Roba buona, non c'è che dire. D'altronde il Lunfardo è frequentato dai calciatori argentini che giocano per le squadre milanesi, logico che le belle ragazze abbondino. Dopo un rapido ma approfondito esame, D'Ascenzo ha concentrato la sua attenzione su una bionda dalle gambe chilometriche seduta al tavolo dell'interista Cambiasso, un deprimente pelatino come Cavagni, ma, al contrario del fotografo, pieno di soldi. "L'ho visto Mondo Cane e mi è piaciuto. Ho apprezzato soprattutto la mattanza dei maiali in Nuova Guinea, come li ammazzavano a bastonate, e poi le immagini della casa dei moribondi a Singapore, quei primissimi piani sulle persone che stanno per schiattare, mentre fuori i parenti già festeggiano la loro dipartita ingozzandosi di cibo. Però dovreste spiegarmi come vorreste rendere attuale Mondo Cane 69", chiede D'Ascenzo senza interrompere il gioco di sguardi con la bionda. "Beh, succedono ancora tante cose strane, non è vero che il mondo è diventato un hotel a sette stelle con la stessa musica lounge di sottofondo a Los Angeles come a Port Moresby", comincio a spiegare. "Sono quei mondi fittizi", mi stoppa D'Ascenzo, "costruiti per rassicurare i manager delle multinazionali, fighetti paurosi che riescono a concentrarsi sul lavoro solo se sanno di trovare anche nella più sporca e caotica città del sudest asiatico cocaina a fiumi e le stesse asettiche prostitute che frequentano a Londra. E dire che questa è la gente che dovrebbe fare andare avanti il mondo, dargli una direzione. Io non faccio parte di questa categoria. La coca mi piace, ma non mi lascio dominare da lei. E le puttane le preferisco un po' sporche, a volte anche con le ascelle che puzzano". Cavagni scuote la testa, sembra quasi che cerchi l'espulsione. I preti l'hanno rovinato, anche se fa il fotografo è un puritano di merda, non riesce a rendersi conto che il novanta per cento delle sue modelle fanno le escort e quando lo scopre ci rimane male sul serio. Mentre io faccio finta di non aver sentito e tiro dritto: "Le case dei moribondi esistono ancora oggi. A Benares, per esempio. Lo so che ogni anno ci vanno un sacco di turisti italiani. Ma quanti di loro hanno il coraggio o la sfacciataggine di entrare in quelle case? E poi sono affascinato dalla plastinazione" "Che cazzo è?", chiede D'Ascenzo sospettoso. Non gli piace ammettere la propria ignoranza. "È quel metodo di conservazione dei cadaveri inventato da uno scienziato pazzo tedesco, il professor Gunther von Hagens. I corpi vengono immersi in un bagno polimerico e ne escono lisci, puliti e inodori, come se fossero stati plastificati. Il professore e i suoi allievi lavorano i plastinati e li trasformano in vere e proprie opere d'arte. Uno dei pezzi più celebri è l'indossatore, un cadavere scorticato che porta sulla spalla la sua cute come se fosse un impermeabile. Forse avrai visto i plastinati in uno degli ultimi film di James Bond, quello con l'attore biondo che assomiglia a Putin. Purtroppo la mostra di Gunther von Hagens non è mai approdata in Italia, ma ha fatto più volte il giro del mondo. I successi più clamorosi li ha riscossi ovviamente in Germania, Giappone e Corea del Sud. I nemici del professore lo accusano di procurarsi i cadaveri in Cina, tra le vittime delle esecuzioni capitali. Lui risponde di essere direttore dell'istituto di plastinazione dell'Università di Dalian e che è tutto regolare. Quando è morto Michael Jackson era circolata la voce che la pop star avesse dato disposizione di farsi plastinare, ma forse era stata una trovata pubblicitaria di von Hagens. Comunque sarebbe interessante seguire il percorso di un plastinato, dalla fucilazione nel carcere di Dalian al salotto di un miliardario russo" "Interessante", ripete D'Ascenzo, ma sta dando segni di insofferenza. "Però in Mondo Cane ci sono almeno quindici o sedici episodi diversi. Dimmene qualcun altro". "Ti ricordi il rito celebrato il venerdì santo in un paesino della Calabria, con i fanatici che si percuotono il corpo con spugne irte di cocci di vetro per spargere il loro sangue sugli stipiti delle porte? Non so se laggiù la tradizione continui, ma si potrebbe filmare il massimo esempio di masochismo religioso" "E quale sarebbe?" "A Cutud, nelle Filippine, il venerdì santo ci sono degli idioti che si fanno crocifiggere sul serio" "Sì, ho sentito anche questa, ma non ricordo di aver visto le immagini" "Secondo me il Vaticano ha posto il veto, non sia mai che qualche italiano volesse provare l'esperienza" "Muoiono?" "A volte succede. Come nella corsa dei tori a Pamplona". "Interessante, attaccare la chiesa procura sempre delle buone recensioni". Cavagni è sempre più agitato, speriamo che non dica scemenze, sarebbe capace di rovinare tutto per difendere i suoi preti. Ma forse è in linea con il recupero della religiosità di alcuni collaboratori di Gualtiero: Cavara ha girato uno sceneggiato su un prete della bassa, Lomi un documentario su monsignor Lefebvre, il vescovo tradizionalista nemico del Concilio Vaticano Secondo, che si era separato dalla chiesa di Roma per fondarne una sua e i cui seguaci sono stati poi perdonati e riaccolti da papa Ratzinger. Mentre Climati avrebbe partecipato al documentario collettivo sui funerali del papa rosso Enrico Berlinguer. E in un'intervista ad Alain Elkann, Jacopetti stesso, all'epoca ottantaduenne, accennerà all'argomento parlando dell'amicizia con Montanelli: "Si è amici quando si parla dei propri problemi, anche quelli più intimi, come per esempio la religione. Anch'io come lui non mi sentivo di negare l'esistenza di Dio, ma nello stesso tempo non sapevamo come credere. Alla mia età questo problema si fa sempre più urgente". "Scusate, signori, ma vi lascio un attimo alle vostre riflessioni. Devo andare al cesso", annuncia D'Ascenzo, scattando in piedi come una molla, nonostante le dimensioni. Guardo Cavagni, che non si fa pregare: "Quell'uomo mi fa schifo". "Fa schifo anche a me, ma è l'unica possibilità che abbiamo di realizzare il film", replico. "Ma non hai sentito quando ha detto che in Italia si fa carriera solo se si è ricattabili?" "Mi sembra che i fatti gli diano ragione" "Allora perché dovrebbe aiutarci? Io non ho mai fatto niente di male, ho sempre rispettato le regole. Quindi non sono ricattabile e da lui non otterrò mai niente. A meno che non voglia ricattarci" "Ma come potrebbe, hai appena detto che non sei ricattabile?" "Ci mette nei guai, ci fa cadere in trappola" "Per cosa? Spillarci dei soldi? Ma se non ne abbiamo" "Non so. Sono un ingenuo dietrologo, me l'hai detto tu una volta. Sta sicuro che saremo noi a rimetterci, non lui" "Proviamoci, magari l'apparenza inganna. E siamo sempre in tempo a sganciarci" "Una volta entrato in contatto con la mafia, quella non ti molla più" "Cosa c'entra la mafia? Non esagerare" "Vado in bagno anch'io" "Per carità, non dirgli niente!" "Devo andarci sul serio". No, D'Ascenzo non convince nemmeno me. Non mi fido di questi personaggi che ostentano la loro iperattività sessuale. Giacomo l'ha definito un maneggione, che vuol dire tutto e niente, potrebbe faticare a mettere insieme il pranzo con la cena come finire in Parlamento. Io sono totalmente estraneo al mondo del cinema, lui è l'unica persona che potrebbe farmi avere dei contatti, non penso di rischiare chissà che cosa… Cavagni torna tutto agitato, avrà detto qualche stupidaggine a D'Ascenzo, che gli ha risposto per le rime. "L'ho beccato in bagno che stava scopando". Istintivamente guardo il tavolo di Cambiasso. La sedia dove stava la bionda è vuota. "Assurdo, lì davanti a tutti. Non si è nemmeno preoccupato di chiudere la porta" "Non prendermi per il culo" "Puoi controllare da te. Sarebbe contento, è il classico esibizionista. C'è una bionda piegata sul lavandino e lui con le braghe giù che la prende da dietro" "Ma…" "Sì, ha una pancia mostruosa, di quelle che non capisci come possa avvenire la penetrazione. Eppure…" "Mamma mia, eccolo che arriva". D'Ascenzo ha la camicia fuori dai pantaloni e si accarezza la patta. "Scusatemi se vi ho fatto aspettare, ma mi sono fatto una bella sborrata…Perché mi guardate con quella faccia? Non vi è mai capitato? Ah, come faremo ad andare d'accordo se vi scandalizzate per così poco? Ma pensiamo al nostro progetto. Lo trovo entusiasmante, davvero" "Potresti quindi aiutarci a trovare i finanziamenti?" "È come se li avessimo già. Alla Film Commission della Lombardia me li sono fatti tutti" "Ci sono solo donne?", domanda Cavagni, ma, lo so che è difficile crederlo eppure è così, senza malizia. "Mi sono fatto anche gli uomini. Che problema c'è?"

L'Africa è sempre stata il luogo dell'avventura, dei grandi spazi, delle grandi cacce, dove la natura regna incontrastata in tutto il suo splendore. Jacopetti fa parte della generazione cresciuta leggendo le mirabolanti balle di Emilio Salgari, che intorno ai nomi di località esotiche costruiva mondi fantastici. Ha sempre avuto il desiderio di evadere dalla provincia.

Viareggio e dintorni erano troppo strette per lui. Non sarebbe mai diventato un vitellone del versante tirrenico (anche Federico Fellini era riuscito a sfuggire a quel destino perché aveva lasciato Rimini e l'Adriatico per tentare l'avventura a Roma). No, Jacopetti bagnino a Forte dei Marmi che si spupazza le rampolle delle ricche famiglie milanesi e torinesi in villeggiatura e poi d'inverno fa pratica in uno studio d'avvocato e rievoca le avventure estive al tavolo da biliardo non me lo vedo proprio. Lui mirava molto più in alto e sapeva che ce l'avrebbe fatta. Se penso a che cosa gli è successo in poco più di un anno, tra il 1961 e il 1962: gira Mondo Cane, trova il grande amore della sua vita, sta per diventare padre. Ma il sogno si spezza, Belinda Lee muore in maniera atroce in un incidente stradale insieme alla creatura che porta in grembo, mentre lui rimane gravemente ferito. Tra feroci sofferenze riesce a riprendersi, ma non a liberarsi dalla morfina con cui lo hanno imbottito in ospedale. Monta Mondo Cane strappando la pellicola coi denti. Il film ha un successo strepitoso, il suo nome diventa celebre in tutto il mondo. Una vita vissuta a trecento all'ora, come quella di Manuel Fangio, il campione automobilistico sulle cui gesta scriverà negli anni 80 la sceneggiatura di un documentario diretto da Hugh Hudson, il regista di Momenti di Gloria, film premio Oscar sull'epopea di due centometristi britannici dei primi del Novecento, denso di retorica e prati all'inglese. Inghilterra che apprezza molto la sua opera: un grande scrittore come J.G. Ballard, l'autore dell'Impero del Sole, da cui Spielberg, ancora lui, ha tratto uno dei suoi film, e di Crash, in cui un gruppo di fanatici pervertiti riesce ad avere l'orgasmo solo durante gli incidenti automobilistici, si è ispirato a Mondo Cane per il suo romanzo La Fiera delle Atrocità. Mentre Sweet and Savage, l'unico saggio dedicato ai mondo movie, è stato scritto da un inglese, Mark Goodall. Ed è stata la sua ragazza inglese di allora, Catherine Bronson, a dare a Jacopetti l'idea di Africa Addio. Dopo cinque anni vissuti a Londra, Catherine era tornata in Rhodesia per fare visita ai genitori e scrisse a Jacopetti una lettera dove esprimeva tutto il suo stupore e la sua delusione per i grandi cambiamenti che stavano rovinando l'Africa. "Ho sentito l'esigenza di partire per capire cosa stesse succedendo, ma non avevo programmato nulla", ricorda Jacopetti in un'intervista ad Andrea Guglielmino. "Ho scoperto quella realtà sul posto e ho detto ciò che accadeva, che i colonialisti se ne andavano lasciando il paese in balia di satrapi senza scrupoli". Ancora una volta Rizzoli gli mise a disposizione grandi mezzi e gli diede carta bianca. L'avventura poteva cominciare. Tre anni di lavoro, 130.000 miglia percorse tra rivolte, guerre, disordini e festeggiamenti per l'indipendenza. Difficile descrivere la crudezza, la visionarietà e la poesia del film. Si comincia con una parata dell'esercito di Sua Maestà che sta per sloggiare. Fermo immagine sul volto tondo di un pallido soldato, mentre scorre questo testo programmatico, letto con misurata enfasi da Sergio Rossi: "L'Africa dei grandi esploratori, l'immenso territorio di caccia e di avventura che intere generazioni di giovani amarono senza conoscere, è scomparso per sempre. A quell'Africa secolare, travolta e distrutta con la tremenda velocità del progresso, abbiamo detto addio. Le devastazioni, gli scempi, i massacri ai quali abbiamo assistito, appartengono a un'Africa nuova, a quell'Africa che se pure riemergerà dalle proprie rovine più moderna, più razionale, più funzionale, più consapevole, sarà irriconoscibile. D'altronde il mondo corre verso tempi migliori. La nuova America nacque sopra le tombe di pochi bianchi, di tutti i pellirossa e sulle ossa di milioni di bisonti. La nuova Africa risorgerà lottizzata sulle tombe di qualche bianco, di milioni di neri e su quegli immensi cimiteri che furono una volta le sue riserve di caccia. L'impresa è così moderna e attuale che non è il caso di discuterla sul piano morale. Questo film vuole soltanto dare un addio alla vecchia Africa che muore e affidare alla storia il documento della sua agonia". Un vero Cuore di Tenebra, le scene più atroci vengono girate in Congo. Ma anche a Zanzibar non si scherza. Sull'isola è in corso un colpo di Stato. Un ufficiale negro appena tornato dall'Unione Sovietica, di nome Okello, ha rovesciato il sultano, dando il via libera alla caccia all'arabo. Bisogna assolutamente correre sul posto a verificare. Dalla torre di controllo arriva l'ordine di allontanarsi, ma Jacopetti e la sua troupe cercano di atterrare. Li precede un altro aereo da turismo con tre giornalisti tedeschi, "che per un attimo intravediamo mentre vengono trascinati via dagli insorti". Insorti che sparano addosso al velivolo dei nostri eroi, che tocca terra ma riesce a decollare subito. "Per oggi è meglio lasciar perdere", dice la voce fuori campo. "Quella nuvola di fumo laggiù che si leva sulla pista è l'aereo dei tedeschi che brucia. Se non altro sappiamo che a bordo non c'è più nessuno". Il giorno dopo si ritenta, per confondere le acque un membro della troupe (Prosperi?) agita dal finestrino una bandiera rossa. Non è il caso di atterrare, si sorvola l'isola a bassa quota. Gli insorti sparacchiano alla rinfusa con fucili che non sanno usare. Si vedono le lunghe file dei musulmani condotti verso la morte. Si vedono le fosse comuni già in parte ricoperte di terra, gli uomini ammassati all'ombra di una pianta in attesa dell'esecuzione. L'aereo di Jacopetti arriva sopra la spiaggia, i perseguitati corrono verso il mare, nella speranza di un'improbabile fuga. Sono incalzati dagli insorti, che vedendo il velivolo, puntano le armi verso l'alto. È ora di sgombrare il campo, tornare sul continente, in Tanganica. Il giorno dopo la spiaggia sembra costellata di stracci bianchi, l'aereo si abbassa e si scopre che si tratta di cadaveri, nessuno è riuscito a sfuggire alla vendetta degli insorti. La melodia di Riz Ortolani raggiunge l'acme dell'enfasi, sembra la colonna sonora di un film mitologico, poi arriva uno dei celebri stacchi repentini alla Jacopetti, dal mare di morte al mare di vita, la musica diventa allegra, passiamo al grande spettacolo della natura africana... ma è inutile cercare di riprodurre le scene di Africa Addio, si può solo tentare un breve stream of consciousness per dare una vaga idea di quest'opera che ti schiaccia e ti assorbe con la potenza delle sue immagini, come se fosse la Cappella Sistina. La piccola zebra che viene portata in salvo da un elicottero sullo sfondo di un tramonto rosso sangue, i volti dei mercenari che si preparano ad attaccare la cittadina di Boende, l'ippopotamo trafitto da decine di lance durante una battuta di caccia identica a quelle di migliaia di anni fa, il giovane di colore che corre trafelato per le verdi colline d'Africa, rincorso da una muta di cani e dai coloni inglesi a cavallo nelle loro rosse divise da caccia alla volpe, la corda tesa fra due jeep lanciate negli immensi spazi del Continente Nero, la battuta di caccia in un quarto d'ora, con l'elicottero che preleva il cacciatore in albergo, lo depone nella savana e poi spinge verso di lui l'elefante, in modo da poterlo impallinare con facilità, le ragazzine bianche che sembrano librarsi nel vuoto in una spiaggia di Città del Capo, le cinquanta mani mozzate ai piedi di un tronco d'albero sporco di sangue ancora fresco, sono quelle dei vatussi, gliele hanno tagliate gli hutu, siamo in Ruanda e quarant'anni dopo le stesse scene si ripeteranno identiche. "Oggi posso dire che i fatti hanno dato ragione a Jacopetti", ammette nel documentario di Bettinetti un vecchio critico dei Cahiers du Cinema, lo stesso dice Folco Quilici, che all'epoca approfittò del clamore suscitato dal film per farsi foraggiare dalla Rai un documentario anti-jacopettiano sull'Africa in salsa buonista. Ma allora esprimere dubbi sulle virtù salvifiche dell'indipendenza africana non era consentito. Mentre la nave che porta via l'ultimo governatore britannico del Tanganica si allontana da Dar Er Salaam, il commento di Jacopetti, letto dalla voce di Sergio Rossi, è: "L'Europa ha fretta di andarsene. E in punta di piedi. Anche se, a conti fatti, ha dato assai più di quanto ha preso. L'Europa, il continente che ha tenuto l'Africa a balia, non ce la fa più con questo grosso bambino nero cresciuto troppo in fretta, che frequenta i cattivi compagni e che per di più la mette in croce perché ha la pelle bianca. E così lo abbandona ancora inquieto e immaturo, proprio nel momento in cui avrebbe tanto bisogno di lei". Il generale De Gaulle convinse Rizzoli a non distribuire il film in Francia perché Parigi aveva ancora grossi problemi in Algeria e non era il caso di eccitare ulteriormente gli animi. In cambio l'editore ricevette la Legion d'Onore. Ma il peggio accadde in Italia, dove L'Espresso pubblicò una serie di articoli che accusavano Jacopetti di avere orchestrato le esecuzioni, rendendosene corresponsabile. Il mercenario stava per dare l'ordine di sparare ai tre ragazzi messi al muro ("negretti", li definiva la stampa italiana dell'epoca) ma veniva interrotto da Jacopetti perché

Climati doveva cambiare l'obiettivo e poi forse era il caso di farli spostare sulla destra perché lì c'era più luce e quindi la ripresa sarebbe venuta meglio. Alla fine sembrava che fosse lo stesso Jacopetti al comando dei mercenari, che avesse messo in piedi un piccolo esercito privato col quale scorrazzare per l'Africa perpetrando atrocità. Con accuse del genere le porte del carcere rischiavano ancora una volta di aprirsi. Jacopetti tornò nel Continente Nero insieme a Stanislao Nievo, ripercorrendo passo per passo l'itinerario fatto e raccogliendo le prove che dimostravano la sua innocenza. Venne scagionato ma, ricorda amaramente, "fui assolto con sentenze che uscirono a pagina 27 sui giornali che mi avevano distrutto". E l'amarezza è ancora più grande pensando che l'accusatore era uno dei suoi ragazzi di bottega a Cronache, che aveva poi portato con sé alla Settimana Incom. Non faccio il nome perché ho imparato che le querele arrivano da dove meno te l'aspetti. Dico solo che il signore in questione si è rifiutato di partecipare al documentario L'Importanza di Essere Scomodo, dove gli era stata offerta la possibilità di esporre la sua versione dei fatti. Ma d'altra parte avrebbe avuto ben poco da dire, visto che, assolvendo Jacopetti, il tribunale non aveva dato credito alle sue accuse. Accuse, oltretutto, basate solo sul sentito dire perché quel signore non era mai stato a Boende. Nell'intervista alla Palombelli, Jacopetti racconta che "dopo anni di querele e di grande freddo, una tempesta ci ha riavvicinato. Eravamo a Ponza, lui con il suo gozzetto, la sua barchetta piena di figlie ormai grandi che io avevo tenuto a battesimo, stava per naufragare, era in pericolo. Ero in porto con un grande motoscafo, un Boston, potevo metterlo a disposizione della capitaneria per andarli a prendere. Non ci ho pensato un attimo. Dopo il salvataggio è venuto a ringraziarmi. È stata una grande emozione".

Forse D'Ascenzo non si è fatto tutta la Film Commission della Lombardia. Ma almeno un paio dei suoi membri se li è inculati (o forse è passivo?). Perché ci hanno finanziato la spedizione a Cutud e se poi il prodotto sarà di loro gradimento si potrà pensare anche più in grande. La sera prima della partenza rivedo Africa Addio e precipito nell'angoscia. Impossibile realizzare qualcosa che vi si avvicini anche solo pallidamente. Ripongo tutte le mie speranze in Cavagni. La sua bravura nella composizione delle immagini è fuori dal comune. Ma temo che non abbia il coraggio e la spregiudicatezza di Climati. In quanto a D'Ascenzo non so che ruolo potrà avere, spero che non voglia mettere becco nella realizzazione del documentario e si limiti ad andare a puttane a spese dei contribuenti lombardi.
Una delle scene più forti è stata girata a Boende, in Congo. I mercenari hanno riconquistato la cittadina. Uno dei ribelli fatti prigionieri, che indossa una maglietta bianca con la scritta Gancia, a dimostrazione che la

globalizzazione non è stata inventata negli anni Ottanta, viene trascinato verso il muro per essere fucilato. Uno dei padri da poco liberati (erano rimasti assediati per giorni dentro la missione) gli impartisce una rapida, ultima benedizione. Ma il giovane strepita, si agita troppo, faticano a trattenerlo. Allora irrompe sulla scena uno dei capi mercenari, che ordina con tono deciso: "Lasciatelo, ci penso io", gli punta addosso la rivoltella e gli spara allo stomaco. Poi, con grande freddezza, gli dà il colpo di grazia. Due miliziani lo prenderanno per i piedi e lo trascineranno via, lasciando sul terreno una scia di sangue che gli esce dalla testa. Quarant'anni più tardi Jacopetti ricorderà: "Ero io alla macchina da presa quando l'uomo di colore in Africa Addio viene ammazzato con una pistolettata in testa e non mi ha fatto piacere, era uno dei tanti orrori del Congo di allora. Quando si ha l'occhio nella loop non si calcolano certe cose, si realizzano dopo in moviola. Si è talmente invasi e sopraffatti dalla propria passione, dalla propria presenza importante di fronte alla vita di un uomo nell'istante fatale in cui la si vede spegnere, che è difficile rendersene conto. Queste cose qui le ho vissute più come spettatore che come autore".

Distrutto dalla stragrande maggioranza dei critici di allora, Africa Addio riceve il giusto riconoscimento in un pezzo pubblicato da Aldo Grasso sul Corriere della Sera il 2 settembre 2001, trentacinque anni dopo la sua uscita. Vale la pena leggerlo per intero, tanto è corto: "Quanta Africa Addio nei reportage di oggi su Ruanda e Congo. Duilio Giammaria e l'operatore Giuseppe Di Matteo si sono inoltrati in uno scenario di dopoguerra, di distruzione, di orrore per testimoniare le contraddizioni di una regione ricca, che non riesce però a emanciparsi, restando prigioniera, come cent'anni fa, di lotte intestine, di interessi economici, di odi etnici, della guerra civile fra gli Hutu (contadini) e i Tutsi (allevatori). Sono state mostrate scene agghiaccianti, migliaia di teschi e di ossa umane conservate come tragico ammonimento, e scene di speranza, momenti in cui la vita mostra di volersi riprendere, di non arrendersi all'annientamento: un documento ben governato e ricco di informazioni. Tempo fa, Retequattro ha riproposto il celebre reportage di Gualtiero Jacopetti e Franco Prosperi, Africa Addio (1966), film sul quale vige ancora l'interdetto della critica con l'accusa di parzialità e di cinismo (la tesi di fondo era che, via i colonizzatori europei, il continente africano fosse peggiorato). Senza entrare nel merito della questione ideologica, Africa Addio resta, volenti o nolenti, l'inconscio visivo di ogni testimonianza vera che provenga da quei territori squassati dal genocidio, da bande armate, dalla guerriglia continua, dal traffico di diamanti e di coltan, un minerale fondamentale per l'elettronica. Solo da quei territori? Bisognerebbe avere un po' di coraggio per accertare quanto di Africa Addio ci sia nell'informazione televisiva, quanta della cinica spregiudicatezza con cui sono confezionati molti servizi attuali provenga da quelle immagini marchiate dall'interdetto. Molte delle tecniche usate da Jacopetti, allora aborrite con grande scandalo, oggi sono diventate norma e nessuno più le mette in discussione". Gualtiero resta il grande rimosso della storia del cinema e del giornalismo. Il mondo si è jacopettizzato ma non lo vuole ammettere.

Manila è peggio di quanto immaginassi. Inquinatissima, soffocata dal traffico, caotica e piena di gente orribile. L'influenza occidentale, secolare e profonda, ha snaturato le caratteristiche asiatiche della popolazione. Qui sono nervosi e pronti a mettere mano alla pistola come in una metropoli sudamericana. L'albergo dove alloggiamo, inaugurato tre mesi fa, è imponente ma lussuoso solo se visto da lontano perché già si intuiscono carenze nella manutenzione. Il mare è bellissimo verso la linea dell'orizzonte, ma se abbasso lo sguardo vedo l'immondizia galleggiare vicino alla battigia. Manila è una Napoli gelatinosa che si espande come il blob di Enrico Ghezzi. Siamo arrivati nel tardo pomeriggio. Cavagni è partito subito per la città vecchia, piuttosto distante da dove ci troviamo. Nonostante i taxi costino poco ha preso uno dei minibus colorati, affollatissimi e privi di aria condizionata che attraversano la metropoli a folle velocità, mentre D'Ascenzo ha trascinato il suo lardo nella spa dell'hotel. "Sarà come a Bangkok", ha detto facendomi l'occhiolino. Provato dall'interminabile viaggio in aereo (mi sembra che il pavimento mi balli sotto i piedi, proprio come se fossi stato in barca) sono rimasto in camera nel tentativo di farmi un pisolino prima di cena. Ma dopo mezz'ora disteso sul letto non ero ancora riuscito a chiudere occhio e così sono andato al bar, dove mi ha attaccato bottone un indiano piccoletto e già ubriaco. Mister Biswas, se ho ben capito il suo nome, ha detto di essere un manager della Vipro, una di quelle multinazionali indiane molto più prospere della Fiat, sempre in viaggio per l'Asia, qualche volta in Germania e negli Stati Uniti, mai in Italia. "Qui le ragazze non scopano bene come a Bangkok", mi ha confidato. "Forse perché sono cattoliche. Ma adesso il vostro papa ha detto che si possono usare i preservativi e magari cominceranno a scopare meglio". Non sono certo un paladino di Ratzinger, ma quella frase pronunciata con sprezzante ironia e alito alcolico mi ha irritato. Avrei voluto rispondere con una battuta sui legami tra il kamasutra e la Disneyland delle divinità indiane, ma mi sono trattenuto in tempo per evitare uno scontro di civiltà.
Ci sono troppi mondo movie di pessima qualità, che puntano tutto sul nudo e sul sadismo, Africa Addio è stata un'esperienza straordinaria ma estenuante, irripetibile. Bisogna rinnovarsi, cambiare genere. Jacopetti

e Prosperi leggono Mandingo, un romanzo allora di enorme successo, che narra le vicende di uno schiavo nel Sud degli Stati Uniti. Qualche anno più tardi ne avrebbero tratto un film, con il pugile Ken Norton come interprete principale. "Potremmo girarlo come se fosse un documentario", suggerisce Prosperi. "Fingiamo di essere due reporter ed entriamo in contatto con uno schiavista per farci raccontare come è il suo lavoro". "Era una coppia miracolosa", osserva Giampaolo Lomi, direttore di produzione di Addio Zio Tom. "Franco era più concreto, mentre Jacopetti era più volatile, un creatore, un'artista. Si sono capiti e integrati alla perfezione e ne sono usciti film che hanno del miracoloso. Da soli non sarebbero riusciti a farli". Difficile dire dove cominci il lavoro dell'uno e finisca quello dell'altro, ma credo che non ci troviamo di fronte a una coppia, bensì a un terzetto: bisogna aggiungere Climati, con la sua incredibile capacità di incarnare il cine-occhio di Vertov, uno dei più grandi registi sovietici. Era "un dolly umano", ha detto di lui Jacopetti. "Riusciva a fare da solo ciò che normalmente si poteva ottenere solo utilizzando tanti operatori e cineprese". Nello straordinario backstage di Addio Zio Tom girato in 8 millimetri da Lomi, che si può trovare nel dvd del film edito dalla Blue Undreground, si può ammirare Climati in bilico su una scala a pioli che, da vero equilibrista, si contorce per girare la scena degli schiavi epilettici appesi a testa in giù. Il risultato è straordinario, con angolazioni e movimenti di macchina vertiginosi. Secondo Lomi, Climati esagerava con le zoomate. E invece a me piacciono tremendamente gli zoom all'indietro che costituiscono la cifra stilistica di alcune tra le scene più straordinarie di Africa Addio, come quando parte dai primissimi piani dei volti costernati dei mau mau sotto processo per allargarsi all'aula del tribunale dove il pubblico ministero li accusa di avere massacrato alcune famiglie di coloni britannici o quando dal disco solare di un tramonto rosso sangue la scena si allarga a comprendere l'immensità della savana. Concordo quindi pienamente con quanto scritto da Giuseppe Turroni nel 1966 nel suo Come Realizzare un Film Documentario. Ecco il frammento che ho trovato avventurosamente su internet: "Per tre quarti di Africa Addio lo zoom, col teleobiettivo e il grandangolo, non svolge soltanto una funzione descrittiva, analitica, documentaria; no, esso crea, comunica emozioni, sottolinea pensieri, testimonia sconvolgenti situazioni che il nostro occhio (l'occhio di tanti che amano l'uomo soltanto a parole) non vuole, si rifiuta di vedere, di chiamare col loro esatto nome storico. A volte in Africa Addio si ha l'impressione che tale accorgimento tecnico, facile da usare ma non da sentire, non da vivere, sia gratuito o meglio sia dettato da meri fini calligrafici e formalisti. Niente di tutto questo. Alla fine, si ha del lungometraggio un'immagine netta, incisa, sarei per dire: tutto è armonioso, delineato nella sua stessa sostanza, secco e crudele come una frase musicale. Non ci sono compiacimenti e non troviamo lungaggini, vuoti, esuberanze, indecisioni. Tutto è perfetto nel suo cupo, torbido ingranaggio di denuncia. Se c'è del compiacimento, questo è per la sostanza stessa, per l'acre gusto della condanna, del grido che non sa perdonare". Tornando a Prosperi, è vero che ha sempre condotto una vita apparentemente più posata e regolare di Jacopetti, soprattutto nei rapporti con l'altro sesso, ma sentite come rievoca la sua esperienza in Mondo Cane nel documentario di Bettinetti: "Decollammo da Port Moresby diretti alle isole Trobriand, Jacopetti non era con noi. In Nuova Guinea dovevamo superare una catena di montagne alte tre-quattromila metri. Ci trovammo di fronte a una parete altissima che l'aereo non riusciva a superare e a un certo punto precipitammo. Un'ala finì dentro la carlinga e uccise il povero pilota, mentre noi andavamo giù, aspettando il momento dell'impatto. Io restai con gli occhi aperti per curiosità, volevo vedere come si muore. Ma ce la cavammo. Il serbatoio si era rotto e perdeva carburante, avevamo fatto una doccia di benzina. Così uscimmo in fretta dai rottami dell'aereo perché c'era il rischio che si incendiasse. Cavara si era rotto un braccio e perciò era inutilizzabile, mentre io e Benito Frattari partimmo ancora, eravamo decollati da poco che uno dei motori prese fuoco e così fummo costretti a tornare indietro. Quando scendemmo dall'aereo, Frattari si mise sul cofano di una delle autopompe schierate ai bordi della pista e mi disse: a Fra', non me freghi, io con te non ce vengo più".

Il giorno dopo ci ritroviamo a colazione. Stranamente D'Ascenzo non si dilunga in particolari sulla spa, ma si mette a parlare di Tincopanga, un campione di pugilato a riposo che si è convertito all'islam ed è diventato il leader di un movimento in bilico tra legalità e fondamentalismo. Le Filippine sono uno di quei Paesi strategici nello scontro di civiltà, ammesso che sia in corso davvero, dove islam e cristianesimo vengono a diretto contatto. La parte meridionale dell'arcipelago è abitata in maggioranza da musulmani e l'isola di Mindanao è il cuore di una lunga guerriglia separatista che nell'ultimo decennio ha stretto rapporti con Al Qaida. Tincopanga, grazie alla sua popolarità e ai suoi proclami da difensore dei deboli, riesce ad avere un seguito anche fra i cattolici. Ma i suoi critici ritengono che venga usato (non si sa bene da chi, probabilmente da se stesso) come un cavallo di troia per inoculare il virus fondamentalista nelle isole a soverchiante maggioranza cristiana. Sembra che l'ex campione mondiale dei pesi leggeri voglia indire una clamorosa manifestazione di protesta durante le feste pasquali e i suoi più acerrimi nemici sperano che stavolta getti la maschera, mostrando il suo vero volto di terrorista. D'Ascenzo è molto soddisfatto di essere riuscito a raccogliere queste notizie. Non posso rivelare le fonti, segreto professionale, dice, ma ho il sospetto che a spifferare tutto sia stata una delle sue massaggiatrici ("Mi diverto troppo a farlo con due donne", mi aveva annunciato davanti al tapis roulant, in attesa dei bagagli all'aeroporto Benigno Aquino). Ma la vera scoperta l'ha fatta Cavagni. Mentre stava pregando nella cattedrale di Manila, una ragazza con tanto di veletta si era inginocchiata accanto a lui, sebbene tutti gli altri banchi fossero liberi. "Sono stato a Cuba. So bene che lì non c'è rispetto per la religione e le prostitute battono anche in chiesa. Ma qui…ho sempre creduto che fosse un Paese cattolicissimo" "Così vi siete nascosti nel confessionale per scopare", sghignazza D'Ascenzo. "No, è una brava ragazza. Si chiama Marisol. Finite le preghiere abbiamo cominciato a chiacchierare. Siamo entrati in un bar, le ho offerto una Coca-Cola…" "Una Coca-Cola? Ha tredici anni?", ridacchia D'Ascenzo. "No, venticinque. Non beve alcool" "Ci credo poco. Ma se fosse vero, non sa cosa si perde" "Credi pure quello che vuoi, ma un giorno o l'altro dovrai renderti conto che non sono tutti come te. La faccio breve: ho detto a Marisol che sono qui per girare un documentario a Cutud e lei mi ha risposto di avere quello che fa per me. Praticamente suo cugino ospita un pazzo giapponese che venerdì vuole morire sulla croce". "Chi ci crede. Sarà un ciarlatano", taglia corto D'Ascenzo. Ma poi il suo sguardo viene illuminato da un lampo cattivo e dice: "Però si potrebbe andare a conoscerlo. Al peggio ci mettiamo d'accordo con lui e facciamo finta che muoia davvero. Speriamo che il giapponese sia talmente brutto da risultare telegenico". Al che D'Ascenzo mi guarda soddisfatto e domanda: "Tu che hai combinato ieri sera?". Per un lungo attimo rimango in imbarazzo, sarebbe troppo umiliante dilungarmi sull'indiano ubriaco. "Niente. Sono rimasto in camera, avevo sonno ma non sono riuscito ad addormentarmi e così ho riflettuto sulla nostra avventura". "E qual è il risultato delle tue riflessioni?", chiede Cavagni. "Un senso di impotenza. Ho rivisto scorrere nella mia mente le scene più belle dei film di Jacopetti e ho capito che è impossibile eguagliarle. C'è quell'amalgama straordinario tra il suo genio nel montaggio, i virtuosismi di Climati con la macchina da presa e le musiche di Riz Ortolani che riesce sempre a evitare lo splatter anche nelle scene più violente e scabrose. Basterebbe un niente per scadere nella volgarità, nel sensazionalismo fine a se stesso. Lo stesso materiale nelle mani di una squadra diversa si trasformerebbe in spazzatura. E invece con loro si sfiora e a volte si raggiunge il sublime" "Jacopetti dovresti essere tu, io dovrei essere Climati. Ci manca un Riz Ortolani. Mentre non ho ancora capito quale sia il ruolo di D'Ascenzo", osserva con una certa ironia Cavagni. "Già. E dire che fino a ieri non ci avevo proprio pensato. Beh, si potrebbe chiedere allo stesso Riz, l'ho visto qualche sera fa da Gigi Marzullo. È ancora attivissimo. Quando sullo schermo è comparsa una sua foto alla moviola insieme a Prosperi e Jacopetti è quasi scattato sull'attenti. Il regista Gualtiero Jacopetti, ha detto, ma Marzullo ha lasciato cadere il discorso. Chissà se anche lui ignora chi sia o se fa parte di quel gruppo di imbecilli che continuano a opporre la cortina del silenzio contro Gualtiero". "Parole, parole, soltanto parole", sbotta D'Ascenzo. "Invece di filosofeggiare andiamo a conoscere il giapponese pazzo. Almeno potremo cominciare a usare questo fottutissimo zoom".

Epico, crudele, paradossale e visionario. Così descriverei Addio Zio Tom. Ma la sintesi più efficace è quella sul cofanetto del dvd edito dalla Blue Underground: "Dopo aver visto questo film Radici vi sembrerà un episodio dei Jefferson". Il film è talmente incandescente da suscitare ancora oggi dibattiti estremamente accalorati, che quasi finiscono a botte, come dimostra un video che si può trovare su You Tube, girato un paio d'anni fa dopo la proiezione dell'opera in un centro culturale caraibico di Londra. Fare l'elenco delle efferatezze sbattute davanti ai nostri occhi darebbe un'immagine sbagliata di Addio Zio Tom. Le scene girate sulla nave negriera e lo svagato cinismo con cui il capitano descrive con accento genovese (Ricci si sarà ispirato a Jacopetti anche per il Gabibbo?) il trattamento riservato agli schiavi nel corso della traversata sono tremende. Sembra di sentire il tanfo che proviene dalla stiva dove gli africani sono stipati e incatenati. La voce fuori campo spiega che il carico è composto da 327 capi tra maschi e femmine, disposti a strati. Ogni capo disponeva di un buco di novanta centimetri per trenta nel quale restava incatenato fra i quarantacinque e i novanta giorni, quanto durava la traversata oceanica a seconda del favore del vento. In questo modo, nell'arco di due secoli furono portati nelle due Americhe cinquanta milioni di schiavi, di cui circa trenta non sopravvissero al viaggio… Lo zoom di Climati fissa sullo schermo le caviglie e i piedi di un prigioniero sui quali cola un liquido grigio-giallastro. Il Gabibbo spiega che un carico di malati di dissenteria non troverebbe acquirenti e perciò si cerca di nascondere i capi difettosi infilando loro un tappo di sughero con guarnizioni di stoppa nel culo, scena che non ci viene risparmiata. La voce fuori campo aggiunge che specialista in questi trattamenti era Jean Laffitte, celebre pirata che "commerciò gli schiavi in Louisiana per finanziare in Europa Carlo Marx" (immagino l'indignazione dei cinefili nostrani, all'epoca tutti filo-comunisti). Quando scocca l'ora del pranzo i prigionieri, sempre incatenati mani e piedi, vengono nutriti con una sbobba di mais, melassa e grasso di bue che viene spiacciata sulle loro facce con un cucchiaio di legno. Uno di loro, però, per protesta fa lo sciopero della fame, si ostina a tenere la bocca chiusa e la sbobba gli cola sul petto. Ma tutti i capi devono arrivare a New Orleans in buone condizioni fisiche e allora un marinaio si munisce di scalpello e martello, un altro di imbuto e al povero africano vengono spezzati i denti per potergli rifilare la sbobba dentro la bocca sanguinante, come se fosse un'oca all'ingrasso (ecco il trattamento che si meriterebbe Pannella, credo fosse il commento di molti spettatori dell'epoca). Una volta arrivati al campo di raccolta e smistamento di Fort Bastille, nei pressi di New Orleans, le varie fasi della disinfestazione degli schiavi vengono accompagnate da un'allegra marcetta di Riz Ortolani. Straordinaria la scena del bagno collettivo a base di acqua, cenere, sabbia e radica saponari. Ma l'apice si raggiunge con l'ennesimo pranzo. La solita sbobba viene servita dentro una mangiatoia stile allevamento di mucche e non appena vengono spalancate le porte della stalla centinaia di schiavi nudi si avventano sul cibo, urtandosi e calpestandosi. La lotta coinvolge uomini e donne, giovani e vecchi, bambini e neonati. Una madre lancia addirittura il suo piccolo dentro la mangiatoia, mentre i cani lupo abbaiano, pronti ad avventarsi sui prigionieri se la situazione dovesse degenerare ulteriormente. Il direttore del campo, un tipico anglosassone con i capelli e la barba rossa che parla come Oliver Hardy doppiato da Alberto Sordi, commenta la scena così: "Guardateli, guardateli. Quello che vogliono è mangiare, qualunque cosa. Mangiare e fottere, ecco cosa vogliono. E vogliono sopravvivere, sopravvivere a tutto: alle bastonate, alla sifilide, al colera, al caldo, al freddo. La loro forza è l'adattabilità. Inferno e paradiso, si riempiono la pancia e vomitano dozzine di figli. Io, per me, sono d'accordo con quelli che vorrebbero la castrazione obbligatoria. Mica per cattiveria. Ma qui, se non tagliamo qualche milione di questi coglioni neri adesso, state pur certi che fra cento, duecento anni…". "Dick Gregory primo presidente negro degli Stati Uniti". In un sol balzo siamo passati ai giorni nostri, ovvero al 1970: un candidato di colore distribuisce dollari falsi con la sua effigie, proclamando che riuscirà a ottenere un megarisarcimento miliardario per le violenze subite dai neri. La voce fuori campo osserva che Gregory ha scarso seguito perché è l'unico candidato nero a non promettere la morte per sgozzamento dei bianchi. La scena si vede solo nella seconda versione di Addio Zio Tom. La prima, più serrata e con un solo salto temporale ai giorni nostri, la mitica parte finale lunga una ventina di minuti, venne ritirata in fretta dalle sale per i soliti guai con la censura. Ma anche perché l'accoglienza del pubblico era stata piuttosto fredda. Lo spettatore italiano medio, privo di adeguate conoscenze storiche e bombardato da un fuoco di fila di immagini durissime e paradossali finiva per non capirci niente. Jacopetti e Prosperi pensarono allora di intervallare le scene ambientate nel passato con quelle al presente, per spiegare meglio la vicenda. Il materiale di cronaca, però, servì soltanto a rallentare il ritmo del film e a renderne ancora più infiammabile il contenuto. Perché quelli erano anni in cui scoppiavano le rivolte nei quartieri neri delle grandi metropoli americane, imperversavano le Pantere Nere che predicavano e praticavano la lotta armata e molti davano retta a un tale Leroy Jones che faceva discorsi del genere: "La non violenza predicata dai giovani bianchi equivale a un tuffo nella grande corrente della civiltà americana fallita. L'America è una Sodoma, l'America è una Gomorra, l'America è una Babilonia. Questa è la società in cui Luther King voleva che i negri si preparassero a entrare. Meglio l'inferno. Ma la possibilità di essere cittadini di Gomorra è quanto di meglio un bianco possa oggi offrire al negro. Se sperate nella sopravvivenza di questa civiltà bacata, di questo ordine corrotto, di questa Roma in rovina che vi taglia i coglioni con l'orlo di un dollaro, perderete. Cristo e l'insegna del dollaro sono tutt'uno. Noi negri dobbiamo ricordarci di tutto quello che vediamo ora e alla fine entrare in eruzione come un vulcano per schiacciare sotto una colata di lava bollente questa mandria di porci che ha trasformato il mondo in una pattumiera". Queste parole vengono accompagnate dalle immagini del raduno di Woodstock, dove Lomi ricorda che la troupe girò chilometri e chilometri di pellicola, ma il materiale andò tutto distrutto, a parte quel minuto che si vede nel film…

Il giapponese è tranquillo. Ci espone il suo programma in inglese accettabile e con voce calma. Gli chiediamo di ripetere il discorso mentre lo filmiamo e annuisce. Allora Cavagni comincia ad armeggiare nervosamente con la cinepresa, mi dà l'impressione che non sappia usare lo zoom. Si piega in avanti, si contorce, i suoi movimenti da epilettico contrastano con l'impassibilità del giapponese che dice: "Mi chiamo Ato Nakasone, ho trentacinque anni e vivo a Nagasaki, dove lavoro come consulente finanziario. Fin da bambino ho avuto pulsioni masochistiche, che mi sono sforzato di reprimere fino all'età di ventidue anni. Poi non sono più riuscito a trattenermi e mi sono iscritto al più esclusivo club sado-maso della città, che in seguito ho scoperto essere frequentato anche da mio padre. Riesco a raggiungere l'orgasmo solo provando dolore, che può essermi inflitto esclusivamente da donne di età superiore ai cinquant'anni. Come potete vedere, mi sono fatto marchiare a fuoco una A sulla natica sinistra. La A è l'iniziale non solo del mio nome, ma anche di quello della mia padrona preferita. Ho preso questa decisione quando lei mi ha rivelato che si sarebbe trasferita a Osaka per andare ad accudire il nipotino. Ho voluto questo marchio per portare per sempre il suo ricordo nella mia carne. Da quando se ne è andata non sono più riuscito ad avere un orgasmo, nonostante tutte le torture alle quali mi sono sottoposto. Così ho deciso di farla finita qui a Cutud. Non sono credente e sapete bene che la cultura giapponese è estranea al cristianesimo. Ma il film di Mel Gibson sulla Passione di Cristo mi ha molto impressionato. Lì non si vede, ma ho letto dei trattati di medicina in cui si sostiene che i maschi sottoposti al supplizio della crocifissione prima di esalare l'ultimo respiro hanno un'erezione. Poiché senza la mia padrona la mia vita non ha più senso ho deciso di far coincidere il mio ultimo orgasmo con la morte".

"Avevamo bisogno di molti neri", ricorda Lomi nel suo backstage. Per le scene di massa non si poteva far conto sugli Stati Uniti, dove parte del film è stato comunque girato, perché i costi sarebbero stati eccessivi. Il primo tentativo venne fatto in Brasile, ma le autorità tentennavano a dare i permessi perché la condanna di Jacopetti a Hong Kong pesava come un macigno. Alla fine il livornese Lomi decise di giocare la carta della disperazione ad Haiti, dove venne ricevuto dall'ambasciatore italiano, che gli disse: "Bene, domani andiamo da François Duvalier". Lomi riuscì simpatico al presidente, il terribile Papa Doc, un omino dalla voce flebile e apparentemente innocuo. Nell'8 millimetri si vede Duvalier che dal balcone del palazzo presidenziale arringa il popolo, mentre in giardino sono schierati i suoi pretoriani, i tristemente famosi ton ton macoutes, utilizzati per spargere il terrore fra i sudditi. Ma per i nostri eroi il presidente fu un benefattore, che diede loro carta bianca, oltre a sette automobili e a un pulmino con targa diplomatica. E così fu possibile girare incredibili scene di nudo di massa, dove la prima cosa che salta all'occhio è la conferma di un pregiudizio tipicamente razzista: i negri sono diversi da noi perché ce l'hanno enorme. Il sesso è fondamentale nel film ed è sempre rappresentato come una forma di violenza o di sopraffazione. Si va dai cracker, bianchi poveri che si vedono sottrarre il lavoro dagli schiavi e per vendicarsi stuprano le ragazze di colore, alla servetta che viene schiaffeggiata dalla mamie perché è ancora vergine ed è stata perciò respinta da un anziano ospite del padrone ("Sono troppo vecchio per una vergine", protesta l'uomo urlando). La stessa ragazzina rimedierà in fretta intrufolandosi nel letto di uno dei giornalisti europei (si suppone sia Jacopetti). A un certo punto, nel tentativo di farla desistere, il giornalista domanda: "Ma perché non vai con un ragazzo della tua condizione?" "Vuoi dire un negro, padrone? I negri non mi piacciono perché puzzano e poi ce l'hanno troppo grosso e mi fanno male, mentre i bianchi ce l'hanno piccolo e per cominciare va meglio". Alla fine l'uomo cede alla tentazione. La sconcertante scena di seduzione, in cui la cinepresa si sovrappone allo sguardo del giornalista, ai giorni nostri probabilmente verrebbe censurata. Dico questo perché ho letto recentemente che in una mostra negli Stati Uniti è stata subito ritirata, a causa dello scandalo suscitato, una foto di scena di Pretty Baby, film girato nel 1978 dal regista francese Louise Malle, guarda caso ambientato nella New Orleans del 1917, negli ultimi mesi di legalità della prostituzione, dove compare una dodicenne Brooke Shields completamente nuda, la cui verginità viene messa all'asta. La capitale della Louisiana, ai tempi dello schiavismo, doveva proprio concentrare in sé Babilonia, Sodoma e Gomorra perché Jacopetti ci va ancora più pesante mostrandoci la cassaforte, ovvero la parte segreta del magazzino degli schiavi. Ci fa da guida il Generale, un isterico nano di colore col cappello a cilindro. Nella cassaforte sono custodite splendide mulatte, "tutte puttane vergini, neanche una negra intera, tutte con almeno mezzo sangue umano nelle vene", spergiura il Generale armato di frustino, che ci presenta la merce più prelibata, come Artemide, "tre quarti di sangue umano, le zinne più sode di tutto il magazzino, dollari cinquemila, pagamento in contanti, due anni di garanzia". Ma il colmo lo si tocca in una stanza dove un omosessuale cosparge di polvere d'oro i corpicini nudi di due bambini, fatti passare per gemelli e venduti a carissimo prezzo "a causa di un certo brutto vizio che in città stava diventando di moda". Incredibilmente la scena non solo non venne censurata, ma i due bambini coperti di polvere d'oro comparvero in alcune locandine del film, quindi sulla pubblica piazza. È chiaro che con la scusa dell'Lsd nel 1971 poteva davvero succedere di tutto… A questo punto bisogna ricordare che tutti i fatti descritti in Addio Zio Tom sono realmente avvenuti e sono storicamente documentati, altrimenti potrebbero sembrare frutto del delirio di Jacopetti. Così come è ampiamente documentata la storia di madame Lalaurie. Due volte vedova, Delphine Macarty, già cinquantenne sposò in terze nozze un affermato medico, Louis Lalaurie, diventando la signora più in vista dell'alta società creola di New Orleans. Ben presto su di lei iniziarono a circolare voci inquietanti. Che trovarono conferma quando, il 10 aprile 1834, divampò un incendio nelle cucine, che erano separate dal blocco centrale della magione di tre piani in Royal Street, nel cuore del quartiere francese. Dopo aver domato le fiamme, i pompieri scoprirono per caso la stanza delle torture, dove erano tenuti prigionieri una dozzina di schiavi nudi e incatenati, maschi e femmine. Qualcuno era già morto, altri agonizzavano evirati o sventrati, le budella penzolanti. A una donna avevano tagliato braccia e gambe, a un'altra erano state spezzate tutte le costole per poterla infilare in una minuscola gabbia. Madame Lalaurie e la sua famiglia fuggirono immediatamente e di loro non si seppe più nulla. Alcuni dicevano che Delphine si fosse rifugiata a Parigi, altri sostenevano che si fosse nascosta non lontano dalla città, sulle sponde del lago Ponchatrain. Ma quasi certamente morì nella capitale francese nel 1842. In Addio Zio Tom, madame Lalaurie è una sofisticata quarantenne dai lunghi capelli corvini che rimprovera bonariamente Cesare, il fido collaboratore mulatto, perché durante i suoi giochi sadici ha ucciso la terza bambina in una settimana. Cesare è affranto e madame lo rinfranca: "Suvvia, te ne comprerò un'altra". Poi Delphine mostra ai due giornalisti europei l'amica del cuore, la contessa di Rocher, avvinghiata a un grappolo di negri nudi: "Guardatela come sa indugiare, attendere il momento divino della prima goccia di sangue". Ed ecco madame Lalaurie avvicinarsi voluttuosamente a uno statuario schiavo, nudo e incatenato mani e piedi, inquadrato di spalle. "E tu non hai paura?", gli domanda mentre si sfila la vestaglia. "No, non hai paura, galletto mio", sussurra guardandogli l'uccello. "Ma non temere, la paura verrà dopo, quando le tenaglie ti morderanno proprio lì, dove ora più mi desideri".

Ma direi che è inutile ricordare altre scene di Addio Zio Tom, è come tentare di descrivere a parole la Cappella Sistina: o si trova una breve frase folgorante oppure il dilungarsi nella descrizione dettagliata dell'affresco si riduce a un mero artificio retorico, il più delle volte noiosissimo. E allora non starò qui a soffermarmi sulla straordinaria parte finale, che, con un salto logico e temporale arditissimo, ci trasporta dalla stalla dell'allevamento di schiavi, dove il padrone che somiglia a un putto cresciuto troppo ordina di gettare una secchiata d'acqua fredda a Giasone per calmare i bollori dello stallone che continua a stantuffare la manza anche dopo aver compiuto il suo dovere di sverginarla, alla visione dall'elicottero della Miami del 1970, nello splendore di quella che allora era la sua abbagliante modernità, dove un giovane intellettuale di colore, vestito di nero come se fosse un prete in clergyman, passeggiando tra i grattacieli legge Le Confessioni di Nat Turner, il best seller di William Styron su una sanguinosa rivolta di schiavi nell'Ottocento. Il giovane arriva sulla spiaggia ancora assorto nella lettura, che viene disturbata dalle urla e dagli scherzi sguaiati di una famiglia di bianchi in vacanza. Al che…basterà aggiungere che comincia un crescendo ad altissima tensione dove la realtà si mescola all'immaginazione al punto da spingermi a dire che Jacopetti sarebbe stato un magnifico autore di thriller. E invece, dopo Addio Zio Tom girerà Mondo Candido, che segnerà la fine della sua carriera cinematografica. Quel film del 1975 l'ho visto una volta per intero, poi solo qualche spizzico e boccone. Non ce la farei a rivederlo tutto una seconda volta, mi mette troppa malinconia. Si percepisce che è stato partorito da un uomo depresso, la storia è lenta, confusa, piena di manierismi, ci sono troppe reminiscenze felliniane, è evidente l'aspirazione frustrata di girare un film d'autore. L'unica scena memorabile è quella in cui un accampamento di donne soldato israeliane, che Jacopetti aveva già mostrato nella Donna nel Mondo, viene attaccato dai terroristi palestinesi. Le ragazze sono sotto la doccia quando cominciano i primi spari. Si mettono addosso la prima cosa che capita, imbracciano il mitra e si lanciano di corsa su un prato per affrontare a viso aperto i terroristi. Nella concitazione del momento non si abbottonano gli indumenti e così rimangono praticamente nude mentre vengono impallinate dai palestinesi. Nello scontro muoiono tutti, assalitori e assalite, ma la cinepresa indugia in particolare sui corpi nudi delle soldatesse, riprese al rallentatore mentre cadono squassate dalle pallottole al suono della melodia di Riz Ortolani. "Per me è stato un lusso poterlo fare", ricorda Jacopetti. "Esistevano già molte versioni dell'opera di Voltaire e non avevano avuto gran successo al botteghino. Mi hanno sconsigliato tutti di farlo e avevano ragione, perché è stato un flop anche il mio. Volevo fare Candido attualizzato al giorno d'oggi. Candido è eterno, ma bisogna saperlo fare, era il mio sogno, ma sbagliai la mossa". Angelo Rizzoli è morto e allora Jacopetti riesce a coinvolgere nella produzione del film Lino Spagnoli, il proprietario della Perugina, che da tempo voleva entrare nel mondo del cinema. Quando vede la povertà della finta caravella che avrebbe dovuto trasportare Candido in America insieme ad alcuni protagonisti dell'immaginario a stelle e strisce, da David Crockett ad Al Capone, da Marilyn Monroe a Henry Kissinger, Jacopetti esplode, non si può andare avanti così. Il film verrà terminato da Prosperi e questo segnerà la fine di una lunga amicizia. I due si riappacificheranno trent'anni dopo incontrandosi a una retrospettiva. "Quel film e un amore sbagliato hanno cambiato la mia vita. Sono diventato vecchio in quel momento", dice Jacopetti. Dopo scriverà la sceneggiatura di "Manuel Fangio – una vita a trecento all'ora", film diretto da Hugh Hudson, e nel 1984 girerà Operazione Ricchezza, un documentario commissionatogli dall'ingegner Barzanti, un amico dei tempi di Viareggio emigrato in Venezuela. In un'intervista ad Andrea Guglielmino, Jacopetti ricorda che Barzanti un giorno gli telefonò dicendogli: "Sto morendo, ma ho fatto tanti miliardi e voglio lasciare un segno di me". Jacopetti era perplesso, ma poi, racconta, Barzanti "mi mandò a prendere da una Rolls-Royce all'aeroporto di Caracas, mettendomi a disposizione un aereo e un elicottero per i sopralluoghi. Ai tempi l'azienda stava costruendo la seconda diga più importante dell'Orinoco. Era un lavoro impressionante, ma tutto tecnica. Non sapevo come approcciare l'argomento…Sono andato alle origini del fiume, che inizia con una cascata che viene giù da una zona inesplorabile. Grazie all'influenza di Barzanti sull'esercito locale siamo riusciti a salire sul passo con un elicottero speciale e ci abbiamo trovato i resti del velivolo di Angel, un pilota americano che si era schiantato sul colmo della cascata. Lì ho capito che c'era materiale per un film. Un'opera industriale ma soprattutto una storia sul fiume e sui suoi personaggi, come i cercatori d'oro che ho incontrato. Vivono in maniera improbabile, trovando ogni tanto una pietra e componendo poesie. Molti sono italiani". Operazione Ricchezza non è mai uscito nelle sale cinematografiche. È stato proiettato solo una volta nel 2009 alla Casa del Cinema di Roma per festeggiare i novant'anni di Jacopetti. Nella stessa occasione è stato presentato anche "L'importanza di essere scomodo", il documentario che Andrea Bettinetti ha girato su di lui. E che non ha ancora trovato un distributore.

È difficile dormire bene la notte prima della battaglia. Io non ce l'ho proprio fatta. Per scaricare la tensione ho lasciato che D'Ascenzo se ne andasse in un night di cui gli avevano detto meraviglie e Cavagni si rinchiudesse in camera a pregare, dopodiché mi sono diretto alla spa dell'albergo per procurarmi una signorina da portare in camera. La direttrice della spa, una trentenne che avevo apprezzato il giorno prima durante un breve tratto in ascensore, mi ha mostrato quattro ragazze allineate come soldatesse e in divisa da collegiale giapponese. Esili e piccolette, non riuscivo a distinguerle l'una dall'altra. Allora mi sono rivolto alla direttrice che era vestita in maniera normale e mi osservava con sguardo accattivante e le ho detto in inglese: "Loro costano cento dollari, ma io preferisco te e sono pronto a dartene duecento". La direttrice è arrossita e ha cominciato a fare no con la testa. "Duecentocinquanta", ho alzato la posta pensando di più non posso. Lei ha chinato il capo come per volersi nascondere, ha avuto un attimo di esitazione, io mi sono detto se offri trecento sei pazzo, però potrei metterli a carico della Regione Lombardia, ma ormai avevo perso l'attimo perché mi ha risposto: "Non posso, io sono la direttrice". Ho apprezzato la punta di rammarico con cui l'aveva detto e sono tornato a concentrarmi sulle collegiali. Ma non ce ne era nessuna che mi attirasse in maniera particolare. "Penso che per lei vada bene la terza", ha rotto gli indugi la direttrice. Ho detto di sì senza nemmeno guardare la prescelta. "Fra un quarto d'ora busserà alla sua camera", mi ha detto la direttrice. "Avrei preferito te", ho ribattuto sorridendole. Lei è arrossita ancora, ha messo la mano davanti alla bocca e si è messa a ridere, lusingata e imbarazzata. Sono salito in camera arrabbiato con me stesso per non avere insistito. La collegiale ha bussato puntuale. Solo allora la sua divisa ha cominciato a insospettirmi. "Quanti anni hai?", le ho chiesto. "Diciannove". Facciamo finta che sia vero. Lei è andata a farsi la doccia e l'ho raggiunta. Alla fine sembrava davvero soddisfatta e mi sono illuso che non avesse recitato. Così, preso da una leggera euforia, l'ho accompagnata all'ascensore, attraversando nudo il corridoio, incurante delle telecamere a circuito chiuso. Mi sono congedato da lei con un baciamano, cosa che l'ha divertita tantissimo. Ma quando sono rientrato in camera e ho spento la luce sono rimasto con gli occhi spalancati a guardare il soffitto. La mia mente ha cominciato a correre a mille miglia all'ora. E allora ho rivisto lo sguardo follemente calmo del giapponese mentre parla della sua imminente crocifissione, l'elefante che cade sotto i colpi del cacciatore bianco, i volti dei mercenari di Boende, gli sguardi sbigottiti degli schiavi che riemergono dalla stiva della nave negriera, il soldato del Tanganica che sfonda il parabrezza con il calcio del fucile...

"L'incidente della zingarella è come un marchio di fabbrica che mi sono portato dietro come fosse una riprova. In un incidente avvenuto in Oriente, a Hong Kong, durante una ripresa sulla prostituzione minorile femminile...c'è quel detto toscano: chi va al mulino si infarina e io mi sono ritrovato protagonista di una piege, sono stato una conseguenza di ciò che stavo filmando, sono stato al centro di ricatti, che non sto qui a ricostruire perché è una vicenda che mi ha causato molto dolore. Io considero quel delitto particolarmente infamante, misero. La mia attività sentimentale, anche erotica, si è sempre svolta con persone completamente diverse da quelle che si può immaginare abbia un pedofilo, qualcosa del genere. Ho detto pedofilo, mi pesava...comunque non lo sono". Parole sofferte, dette a Bettinetti nel documentario L'Importanza di Essere Scomodo. I fatti sono questi: il 1° aprile 1955 il giornalista Gualtiero Jacopetti viene arrestato con l'accusa di aver rapito e violentato con un amico Jolanda Calderas, una ragazzina rom di tredici anni prelevata nei pressi della stazione Termini con la scusa di farsi leggere la mano. Si dice che con loro ci fosse anche una misteriosa nobildonna romana. Jacopetti, rinchiuso a Regina Coeli nella cella 245, chiede alla ragazzina di sposarlo e offre ai suoi genitori l'allora notevolissima somma di un milione di lire come indennizzo. Dopo un lungo tira e molla seguito con entusiasmo dalla stampa scandalistica, Jolanda accetta e il 29 maggio si celebra in carcere il matrimonio riparatore, così Jacopetti viene liberato. Il matrimonio sarà annullato solo nel 1964. Ma non è finita qui. Il 1° dicembre 1960 Jacopetti viene processato a Hong Kong per tentativo di violenza carnale ai danni di due bambine di undici anni. Belinda Lee abbandona il set e si precipita nell'ex colonia britannica, dove Angelo Rizzoli manda l'avvocato della Cineriz. Si dice che Jacopetti sia stato ricattato e che le bambine siano due prostitute (le scene da lui girate di nascosto riguardavano proprio la prostituzione minorile e si possono vedere nella Donna nel Mondo: una cinese indossa, come racconta Oriana Fallaci nel Sesso Inutile, "il vestito più sexy che esista, quel cheongsam con gli spacchi laterali che scoprono le gambe all'altezza delle cosce" e passeggia per le vie della città in pieno giorno insieme a una bimbetta sui dieci anni. Forse sono madre e figlia e vengono raggiunte sul ponte da un cinese che si ferma a contrattare e poi segue la donna in cheongsam su un sampang ormeggiato, mentre la bimba rimane da sola in strada. Il commento è esclusivamente musicale, cupo, non si capisce subito che cosa c'entri la piccola, per una volta Jacopetti non è stato diretto, ha usato il montaggio per confondere le acque, ma non più di tanto). Alla fine l'accusa viene declassata e Jacopetti condannato a soli tre mesi di reclusione. Ma la nomea di pedofilo non se la toglierà più di dosso. Anche alla festa dei suoi novant'anni alla Casa del Cinema di Roma gli è stata posta la domanda... Non ho fatto indagini sull'argomento, ciò che ho scritto è basato solo sul documentario di Bettinetti. Ma voglio dire che non mi interessa nemmeno farle perché quello che conta per me è il posto di Jacopetti nella storia del cinema, che qui in Italia non gli è mai stato riconosciuto. Se il mio scritto riuscirà a spingere qualcuno, anche solo tre persone, ad acquistare i dvd di Mondo Cane e Africa Addio (Addio Zio Tom lo si può ordinare solo su Amazon perché non è mai stata fatta un'edizione italiana) considererò portata a termine la mia missione. Mettere il veto su Jacopetti agitando questa accusa infamante, la più infamante di tutte, o addirittura quella ridicola di aver orchestrato le fucilazioni in Congo è una cosa che non sta né in cielo né in terra, perché quello che conta qui è esclusivamente la sua opera di giornalista e di regista, al resto ci penserà la sua coscienza e, per chi crede, la giustizia divina. Sarebbe come negare che Il Trionfo della Volontà sia un capolavoro perché Leni Riefensthal era nazista o addirittura contestare la genialità di Sergej Ejzenstejn perché era stalinista (se non lo fosse stato non saremmo qui a discuterne: avrebbe girato al massimo un film e poi Baffone lo avrebbe messo al muro dopo un processo farsa). Per fare un esempio terra terra: considero Diego Armando Maradona una delle persone più deprecabili di questo mondo, le sue tendenze autodistruttive e le sue continue lamentele mi provocano disgusto, non andrei mai a cena con lui ma sarei un idiota se tutto questo mi spingesse a dire che non è il più grande calciatore di tutti i tempi. Restiamo alla pedofilia: non ignoriamo che qualche grandissimo del cinema l'abbia praticata, eppure nessuno si è mai sognato di buttarlo giù dal piedistallo per questo motivo. E Lolita è uno dei capolavori della letteratura del Novecento, ma non mi sono mai posto la domanda se Vladimir Nabokov fosse o meno un pedofilo. Proprio in questi giorni è stato ristampato dopo più di settant'anni XX Battaglione eritreo, il libro che Montanelli scrisse sulla sua esperienza nella Guerra d'Abissinia. In una delle fotografie che lo corredano compare Dastè, la "giovane compagna" abissina del giornalista, come recita la didascalia. Giovane? Giovanissima avrebbe dato meglio l'idea. Dastè aveva undici anni. Come si potrebbe definire una relazione tra un uomo di ventotto anni, quanti ne aveva allora Montanelli, e una bambina di undici? Eppure, quando una lettrice osò fare un'osservazione sulla vicenda, senza nemmeno pronunciare quella parola, il grande giornalista la liquidò con arroganza e nessuno disse più niente. Due pesi e due misure? Uomo bellissimo e conteso da donne ancora più belle, Jacopetti non corrisponde affatto all'identikit del pedofilo così come ce lo immaginiamo: il mostro dall'aspetto lombrosiano, costituzionalmente portato a delinquere e con uno sguardo da far paura, oppure il classico viscido ciccione pelato o ancora il giovane pallido e smunto, dagli occhi febbrili e devastato dai tic. E poi le sue donne, appunto: possibile fossero tutte delle svampite che non si accorgevano di niente o addirittura delle madame Lalaurie sue complici? Sappiamo benissimo che la nomea di pedofilo distrugge la reputazione all'istante, è lo strumento più efficace per quella che gli americani chiamano character assassination. Mi sembra strano che Julian Assange non sia stato accusato di questo reato, evidentemente non hanno trovato il minimo appiglio a cui agganciarsi, sono solo riusciti a inventarsi un'incriminazione assurda per rottura di preservativo durante un rapporto sessuale con una donna più che maggiorenne. Di nemici nel corso della sua carriera, Jacopetti se ne è fatti tanti. A partire dai tempi di Cronache, appunto, alla cui direzione ha dovuto rinunciare proprio per lo scandalo della zingarella. Un settimanale che parlava di divorzio e di tante altre cose oggi banali ma all'epoca esplosive. E poi (lo so, verrò accusato di correre troppo con la fantasia pur di difendere il protagonista di questo mio delirio) ricordiamoci che Jacopetti ha fatto parte dell'Oss, il servizio segreto precursore della Cia. Ed era molto amico di Rossano Brazzi, che una volta venne coinvolto insieme a degli americani in una storia di traffico d'armi che poi finì nel nulla ma puzzava di servizi segreti. Se si entra in certi giochi può succedere di tutto, magari non ti eliminano fisicamente ma possono sputtanarti con le accuse più infami. Ricorderò sempre quella volta in cui Francesco Cossiga si scagliò contro un Umberto Bossi ancora alle prime armi urlando che se non la smetteva di dire scemenze avrebbe ordinato ai suoi amici carabinieri di nascondergli nell'auto una gran quantità di cocaina… "Per me la gente si divide tra quelli che mi conoscono e quelli che non mi conoscono", dice Jacopetti nell'Importanza di Essere Scomodo. "Per quelli che non mi conoscono io sono un po' un sentito dire". In realtà lo siamo tutti. E a proposito di sentito dire, sulla vicenda della zingarella circola anche un'altra versione (e qui, se il maestro mi leggerà, sono sicuro che ai suoi occhi precipiterò a un livello ancora più basso di Tatti Sanguineti). La racconta nel suo blog Olghina di Robilant, che ripete un sentito dire e forse ha ancora il dente avvelenato nei confronti del suo antico amante. "Tutto iniziò probabilmente con il caso Montesi. Nella scia di quello che fu ritenuto un festino orgiastico con droga a go go, morì una ragazza ritrovata a Torvajanica sulla spiaggia. In quel mega scandalo di cronaca nera, che tenne tutta la capitale col fiato sospeso, subentrò immediatamente anche la nuvola di cronaca rosa, con personaggi noti messi alla berlina. La vittima più conosciuta fu Piero Piccioni, figlio e fratello di personaggi eccellenti, ma lui era solo un musicista, e anche nel suo caso trascorsero anni prima che lui ottenesse di dimostrare la sua estraneità ai fatti. Forse fu proprio in quell'occasione che nacque… il sistema dei capri espiatori da prima pagina che in realtà coprivano altri colpevoli seduti sulle vette della società italiana, dell'imprenditoria e della politica, che nella loro opulenta immunità non pagavano alcun fio. Non alla giustizia. Pagavano in contante. Accadde con Gualtiero Jacopetti, che fu messo in prigione, e vi trascorse un lungo periodo, per avere, si disse, violentato una zingarella minorenne durante un altro droga party. A quel tempo la maggiore età si raggiungeva a ventun anni e gli zingari non erano diffusi per le strade romane con la mano tesa, per chiedere o per afferrare, come oggigiorno. Per questa ragione nessuno prese in considerazione il fatto che una piccola zingara raggiunge la maggiore età verso i dieci anni, quando si affina nell'arte dello scippo e dell'elemosinare, e la sua furbizia è pareggiabile a quella di Bertoldino con papà Bertoldo che l'aspetta per fare i conti. La zingarella di quella volta lanciò l'accusa e chiese i danni. Ma la serata in questione riuniva grossi nomi dell'editoria, della finanza, della produzione cinematografica che iniziava il suo boom nella capitale. Così Gualtiero, non meno astuto della Bertoldina, si offrì volontario, vestendo i panni di un Salvo d'Acquisto a livelli mondani. Scontò la prigionia e quando uscì da Regina Coeli (negli anni a venire la prigione romana fu chiamata Regina Hotel) venne accolto come un eroe". Jacopetti sostiene l'esatto contrario, dice che per un certo periodo lavorò al Cinegiornale senza che comparisse il suo nome macchiato dallo scandalo. "Subito invitato dovunque", continua Olghina di Robilant, "lo colmarono di cortesie, le belle donne lo vezzeggiavano come un harem di odalische (era e è un bell'uomo e anche molto simpatico con ricco bagaglio umoristico). Arrivò da solo al ballo Volpi a Venezia e lasciò il Palazzo all'alba con una gondola piena di vippissime che lo avvolgevano con le loro spire…omissis… Fu insomma lautamente ripagato". Ma se hai la nomea di pedofilo perché girare certe scene? Era proprio il caso di mostrare i due falsi gemellini nudi in Addio Zio Tom? E nelle scene di massa nel campo di raccolta di Fort Bastille e nell'allevamento di schiavi perché i bambini (ma anche gli adulti) sono nudi? Sembra quasi che Jacopetti se le andasse a cercare. Ma è anche vero che tutto ciò che viene mostrato nel film è storicamente documentato e sarebbe stato sciocco vestire gli ignudi. E la scena della tredicenne che si offre al giornalista? Forse è una sfida alle voci che lo perseguitavano. E madame Lalaurie? Potrebbe ricordare la nobildonna romana che si diceva avesse fatto parte dell'orgia con la zingarella. Forse Addio Zio Tom è anche una contro autobiografia sul "sentito dire" che perseguitava Jacopetti, un modo per esorcizzarlo portandolo al parossismo e dimostrare così che non era vero niente. Prova ne è una delle scene più straordinarie e dissacranti del film, dove Prosperi, Lomi e lo stesso Jacopetti impersonano un gruppo di cacciatori di schiavi. Appostati in un bosco di mangrovie attendono i fuggiaschi per impallinarli. Nell'attesa un maiale viene sgozzato, arrostito e mangiato, alla faccia di chi ha protestato per le crudeltà sugli animali in Mondo Cane. Sono le prime luci dell'alba quando Jacopetti, un vero alpha dog dai capelli lunghi, il codino e la giubba di pelle alla David Crockett, altro che Putin a cavallo in Kamchatca, avvista gli schiavi intenti a guadare il fiume. Primissimo piano di Prosperi che tiene tra i denti una pallottola, la prende con tanto di scia di saliva, carica il fucile e ordina di far fuoco. Quando spara, gli occhi azzurrissimi di Jacopetti brillano di soddisfazione. Gli schiavi in fuga vengono centrati come nel tiro al bersaglio di una luna park, mentre Ortolani carica la musica con percussioni concitate e grandi assolo di chitarra elettrica. Le vittime cadono con tuffi spettacolari ed esagerati ripresi al rallentatore, l'acqua si arrossa come nella mattanza dei tonni. Indi la musica si blocca, resta solo il pianto disperato di un bambino chino sul corpo del padre ucciso. Stacco sul vecchio aiutante nero che toglie il cappello dall'obiettivo di una macchina fotografica antidiluviana: inquadra Jacopetti, Lomi e Prosperi in posa accanto a una picca con tre teste mozzate e a un cumulo di cadaveri, orgogliosi di esibire i trofei appena cacciati. Lampo al magnesio, foto scattata, Jacopetti ordina il liberi tutti e si allontana, i cadaveri si rianimano, le comparse si alzano ridendo, la musica di Riz Ortolani è uno sberleffo. Lomi dirà che il periodo trascorso ad Haiti per le riprese di Addio Zio Tom è stato il più bello della sua vita.

Lungo la strada sterrata un bambino prende a calci un piccolo cane randagio. Cavagni si sporge dal finestrino e filma la scena. Speriamo che abbia imparato a usare lo zoom. Abbiamo affittato un pulmino per andare a Cutud. Nakasone si è convinto a lasciarsi riprendere fin dal momento del risveglio. Quando siamo arrivati da Marisol era già in piedi, ma si è rimesso a letto per dare l'illusione che il documentario sia stato girato in presa diretta. Ci tiene molto e lo capisco. In fondo questo è il suo vero testamento. Finora ha mantenuto una calma olimpica, da perfetto orientale. Comincio a pensare che per un vero masochista la morte volontaria sia davvero il godimento supremo. Dopo non resta che precipitare nel nulla perché altrimenti la vita diventerebbe insipida in misura insostenibile. L'autista, un tipo basso e grasso, con due baffetti da pirata della Malesia, ci ha avvisato che Tincopanga guiderà una manifestazione di protesta contro quella che lui definisce "una barbara usanza degli infedeli". Anche la chiesa cattolica ha proclamato che la misura è colma e ha fatto sapere che cercherà di impedire le crocifissioni. Ma le autorità comunali di Cutud, ha detto l'autista, sono decise a difendere la manifestazione perché ogni anno vi assistono sempre più turisti. Se Cavagni si sbizzarrisce con la cinepresa, D'Ascenzo è giù di tono, come se la sera prima avesse fatto cilecca. Io non ho praticamente dormito, ma mi sono bevuto un caffè doppio e ho solo voglia di muovermi. Marisol sfoggia una minigonna nera, perché comunque è il Venerdì Santo, e mi accorgo solo adesso che è molto carina e per i parametri filippini è quasi alta. Dopo un'ora di viaggio arriviamo a Cutud, di cui vediamo solo la periferia di povere case dai tetti di lamiera. Il rito si celebra in una spianata battuta dal sole e rotta da una collinetta artificiale che funge da Golgota. L'autista spiega che la gobba del terreno è stata ricavata ammonticchiandovi i rifiuti della cittadina. Sono solo le otto del mattino ma i fedeli, i curiosi e i fanatici sono già numerosi. Tra la folla spicca un gruppo compatto di gente vestita di bianco, capeggiato da un sacerdote armato di megafono che invita la folla ad andarsene perché è peccato assistere a un simile rito satanico. Non appena scendiamo dal pulmino ci raggiunge trafelato un nanerottolo segaligno con una fascia rossa da kamikaze giapponese sulla fronte: "Mi chiamo Ninoy Valdez, sono l'assessore alla cultura. Bisogna fare in fretta perché Tincopanga vuole impedire la manifestazione. Stanno arrivando da Nord e sono in tanti. Seguitemi sul Golgota. Gli altri penitenti sono già pronti per la crocifissione". Guardo Nakasone, che ha un attimo di smarrimento. Cavagni gli punta addosso la cinepresa senza pietà, capisco che si sta esaltando, farà sicuramente un ottimo lavoro. D'Ascenzo sembra perplesso, non riesce a scuotersi dal torpore in cui è precipitato, mentre Marisol si liscia nervosamente la gonna. L'assessore ha le gambe corte ma le muove a velocità pazzesca, è difficile stargli dietro. Cavagni si allontana un attimo dal gruppo per filmare il sacerdote col megafono, si inginocchia ai suoi piedi e lo riprende dal basso all'alto. "Come Climati, è proprio come lui", mi esalto. Il sole picchia duro e c'è già un'umidità pazzesca. Arriviamo ai piedi del Golgota avvolti in un bagno di sudore. La nostra pelle umida e lucente sarà ancora più fotogenica. Per terra sono stese cinque croci. "Il percorso sarà più breve del solito per ragioni di sicurezza. Pronti con la corona di spine", grida l'assessore già in preda la panico. Esamino gli altri penitenti. Ci sono due giovanotti biondi e palestrati, probabilmente australiani, un tipo flaccido e pallidissimo che potrebbe essere russo e un eurasiatico con gli zigomi alti e l'aria triste. Due tipi in divisa nera incastrano la corona di spine sulla fronte di Nakasone, che dice perplesso: "Non mi fa male". Ma già vedo un rivolo di sangue scendergli sugli occhi. Nel frattempo sono spuntati dal nulla una decina di centurioni romani armati di frusta che cominciano a urlare come degli ossessi. Nakasone si carica la croce sulle spalle e accenna addirittura un sorriso. Cavagni gli saltella intorno bloccandosi in pose assurde, mentre D'Ascenzo si guarda in giro preoccupato, tirando su col naso. Marisol si è messa al mio fianco e quasi mi sfiora con il gomito. Quando viene raggiunto dalla prima frustata, Nakasone lancia un urlo straziante, di quelli che scaturiscono dalle viscere più profonde. Non me l'aspettavo, ero convinto che avrebbe incassato in silenzio, come gli altri penitenti, che appaiono più determinati. Gli spettatori cominciano a eccitarsi. Le donne pregano con voce stridula, mentre gli uomini incitano gli aguzzini a colpire con maggior decisione. All'improvviso mi viene in mente che avrei dovuto portare un'altra cinepresa, una sola non basta. Il fatto che nessuno della troupe ci abbia pensato è la prova inconfutabile del nostro dilettantismo. Il sacerdote con il megafono e i suoi fedeli vestiti di bianco cercano di sfondare il cordone di sicurezza, ma vengono respinti senza troppi complimenti dai trucidi vigilantes assoldati dal municipio. Una volta arrivati ai piedi della collina i centurioni romani invitano i penitenti a togliersi la croce di dosso. Non per alleviare le loro sofferenze, ma per moltiplicarle. Siamo arrivati al momento culminante e tra la folla è calato il silenzio. Cavagni si è avvicinato a uno dei giovanotti australiani, che si è già disteso sopra la croce e aspetta con apparente disinvoltura di venire inchiodato. Gli ordino di tornare a concentrarsi su Nakasone, che, non appena viene afferrato dai carnefici, comincia a strepitare, cercando di divincolarsi. Tra i penitenti solo lui si è lasciato travolgere dal panico. I carnefici hanno un attimo di esitazione. Quando uno di loro gli domanda con gentilezza se vuole rinunciare al supplizio, non ci vedo più e sbotto: "Non puoi tirarti indietro, Ato, non puoi farlo. Hai sempre detto che il tuo sogno è quello di morire in croce. Adesso sei a un passo dal realizzarlo, non puoi rinunciare ora". I carnefici gli tolgono le mani di dosso, lui mi guarda smarrito e scoppia a piangere, mentre il sangue continua a colargli dalla fronte al petto e Cavagni, grazie a Dio, gli gira intorno con la telecamera. "Ato, non puoi rinunciare, non puoi". Non riesco a dirgli altro, ma il tono deve essere convincente, perché, come un bambino che si vergogna dei suoi capricci e capisce che deve andare in castigo, Nakasone si distende sulla croce e offre docilmente i polsi ai chiodi dei carnefici. L'operazione è già cominciata sugli altri penitenti, che non riescono a trattenere i gemiti di dolore (ma il russo recita a squarciagola il Padre Nostro). Nakasone è scosso dai tremiti ma ora dalla sua bocca non esce il minimo suono. I carnefici gli tengono ferme braccia e gambe, mentre uno di loro gli appoggia la punta del chiodo sul palmo, solleva il martello e, con gesto deciso e rapidissimo, gli trapassa la mano, da cui si leva uno spruzzo di sangue. "Cazzo, mi ha sporcato l'obiettivo", si infuria Cavagni. "Meglio, così sullo schermo sarà ancora più impressionante", replico compiaciuto. Guardo il volto di Nakasone deformato dal dolore, ho paura che non resisterà fino alla fine, si lascerà deporre dalla croce insieme agli altri, un attimo prima che il suo cammino verso la morte diventi senza possibilità di ritorno. Gli inchiodano l'altra mano e quasi non reagisce. Il suo sguardo sembra rivolto all'interno, verso gli abissi del suo io. Il sangue, intanto, continua a colargli copioso dalla fronte. Marisol si china su di lui e gli tampona la ferita con un fazzoletto colorato. Ha la gonna così corta che si vedono le mutandine rosa, Cavagni se ne accorge subito e la sua telecamera sembra tendersi verso l'inguine della ragazza, dove si incontrano Mondo Cane e la Donna nel Mondo. "Straordinario", dice una voce alle mie spalle. Mi volto e mi trovo di fronte lo sguardo esaltato di D'Ascenzo, che tira su col naso, ipereccitato. Solo quando gli inchiodano i piedi, Nakasone si lascia andare a un lamento di dolore che potrebbe essere confuso con un gemito di piacere. Ormai è in orbita, arriverà fino alla fine. Mi sento sollevato. Con corde e tiranti i carnefici innalzano le croci al cielo. Osservo lo straccio che copre il sesso di Nakasone: niente lo solleva, segno che l'erezione di cui farneticava D'Ascenzo è un'invenzione. Le cinque croci si ergono in cima alla collina, il silenzio è tornato a calare sulla folla, impressionata dalla sofferenza fisica che stanno provando i penitenti. D'un tratto sento degli scoppiettii lontani, ora si stanno avvicinando, sembrano petardi, la folla comincia a mormorare. Gli addetti alla sicurezza si stanno innervosendo. No, non sono petardi. Per un attimo è come se mi girasse la testa, poi tutto diventa confuso e nitido allo stesso tempo. Il sacerdote col megafono buca il cordone della sicurezza e corre ai piedi dei crocifissi. Ma d'un tratto cade a terra come un sacco di patate e non si muove più. Vedo Cavagni che gli si avvicina come al rallentatore, quasi strisciando per terra. Il tempo si dilata e si comprime all'improvviso, mi sembra di stare su un astronave lanciata verso un buco nero. D'un tratto il frastuono mi buca i timpani, vengo sopraffatto dai rumori. Marisol, accanto a me, sembra paralizzata. Poi vedo un fiotto di sangue sprizzare dal suo capezzolo, il ventre bagnarsi di un liquido rosso, il corpo scosso dai colpi, inerte come una bambola di pezza. "Tincopanga", urla D'Ascenzo. Allora capisco. Sono i seguaci dell'ex pugile che ci stanno bersagliando, eccoli farsi largo tra la folla, la fronte stretta da una fascia verde, simbolo dell'islam. Vogliono punire gli infedeli. Cavagni corre verso di me, sfuggendo alle pallottole. Continua a girare, gli grido, continua a girare, mentre D'Ascenzo mi indica il pulmino che sta venendo a recuperarci, l'autista è un vero eroe. Corro verso la salvezza tra il sibilare dei proiettili. Se li senti vuol dire che non ti hanno colpito, penso. Devo averlo imparato guardando un film. Sono velocissimo e non ho il fiatone, eppure non faccio sport e non vado in palestra. L'autista mi apre la portiera, sono a un passo dalla salvezza, mi volto ma non vedo più D'Ascenzo, non vedo più Cavagni. So solo che devo salvarmi, non posso aspettarli. "Andiamo", ordino all'autista. "Andiamo!". Ma il pulmino non si muove. E allora appare un soldato che con il calcio di un fucile colpisce il parabrezza, lo sfonda in mille pezzi, sento qualcosa di umido, mi tasto dietro l'orecchio, le mie dita sono sporche di sangue. Con il calcio del fucile il soldato fracassa il cranio dell'autista, sento le ossa che si spezzano, un braccio si tende dentro l'abitacolo, la mano sta per ghermirmi, lo guardo in volto, è un uomo nero…l'uomo nero…

I miei ringraziamenti vanno a Daniele Tamagni e a Massimo Volpi, rispettivamente per la foto e per la grafica della copertina. Penso che sia la cosa migliore del libro, un lavoro a tre perfettamente riuscito, come nella trinità Jacopetti-Prosperi-Climati. Ringrazio anche Andrea Bettinetti per i consigli che mi ha dato e per il suo bellissimo documentario L'Importanza di Essere Scomodo, che non ha ancora trovato un distributore. Ma ringrazio soprattutto Gualtiero Jacopetti per i suoi film straordinari, sperando che non si sia arrabbiato troppo leggendo questo mio delirio.

www.ingramcontent.com/pod-product-compliance
Lightning Source LLC
Chambersburg PA
CBHW071316200626
46813CB00015B/2230